星姐 倬伦 ◎ 著

深夜书店

那些没有结局的遗憾和不知所措的故事，就交给深夜书店去疗愈和收藏。

北京联合出版公司
Beijing United Publishing Co.,Ltd.

图书在版编目（CIP）数据

深夜书店 / 星姐倬伦著 . — 北京 ： 北京联合出版
公司， 2019.10
ISBN 978-7-5596-2931-9

Ⅰ . ①深… Ⅱ . ①星… Ⅲ . ①长篇小说－中国－当代
Ⅳ . ① I247.5

中国版本图书馆 CIP 数据核字 (2019) 第 036811 号

深夜书店
作　　者：星姐倬伦
选题策划：北京时代光华图书有限公司
责任编辑：徐　鹏
封面设计：郑瑞玲　崔　霞
版式设计：程海林

北京联合出版公司出版
（北京市西城区德外大街 83 号楼 9 层　　100088）
北京晨旭印刷厂印刷　　新华书店经销
字数 149 千字　　880 毫米 ×1230 毫米　　1/32　　8.5 印张
2019 年 10 月第 1 版　　2019 年 10 月第 1 次印刷
ISBN 978-7-5596-2931-9
定价：39.80 元

自序

在《深夜书店》这本书中，我把故事发生的地点设置为一个书店。这是因为我从小就对书有一些依赖情结，有很长一段时间，我睡前是一定要"摸"着书的，这可能跟小时候在姥姥家那段与书架为伴的日子有关。姥姥家门厅那个书架太大了，每一个格子里的书都安静地躺在那里，有的书甚至被翻看得翘起了页脚，书墨的味道夹杂着一些年代感，我时常靠在那个高高大大的书架边一坐就是一天。小学时，我看过很多国外名著，大多都是被封面的油画吸引，像《飘》《巴黎圣母院》等，陪伴了我好几个夏天。

印象最深的就是自己在小学的一个暑假读完了《安娜·卡列尼娜》，刚读完时我就在想：这本书到底讲什么了，我怎么又忘了上一页的内容……于是我带着很多问题把书读了一遍又一遍。似乎从小时候起我就很喜欢那些深奥的东西，像自问自答般走进一个又一个神秘黑洞，当发现其中内在的联系，自己琢磨通透的时候，那感觉真的过瘾。在自己探索和发现的过程中，我又发现自己并不抗拒孤独这件事，我越来越喜欢探究一些神秘而又深奥的事情，或许是关于宇宙、关于艺术、关于哲学、关于人心……那些深不可测、不能一眼洞悉的，才是值得被关注的。这样的探索算是我从小到现在的一种爱好。其实，能找到自己的爱好，拥有自己喜欢的地方，是上天的一种恩赐。因为这些后天能改变潜意识甚至脑回结构的意识，才是使一个人内心快乐、满足、坚强、坚守自我准则的磐石。

我上了大学后，毅然选择了心理学。这个世界上有很多东西都有规律可循，唯独人心难以攻破。我一边探索，一边发现，在接到的上千次咨询中，也感受到了每个人对于宿命的挣扎和想要幸福的渴望。在交流的过程中，我发现这上千次咨询中，有 80% 的人最根本的问题是出现在了不够了解自己上。一个人通常会用什么样的方式去分析自己呢？

心理测评，去问周围的人，或者找人算命？

我本身的研究里面有一个部分是关于心理学的，我熟悉几乎所有的心理性格测评。到现在为止，心理测评应该是公认的认识自己的很好的方式，比如大家经常听说的九型人格、MBTI、DISK 等，都是认识了解自我的好工具。但是我在进行研究的时候却发现，所有的心理性格测评都有一个弊病，就是会受到测试者本人的影响。比如你是不是真正能看懂一道题，比如你做题的时候究竟回答的是你自己的真实性格，还是你期望的自己的性格？这些部分我们都不完全能控制。

我在日常帮助大家探索和认识自己的时候都会加入另外一个工具，这个工具就是含有性格特质的心理星图。通过个人的"心理星图"，你可以更加深入地了解自己。它能向大家解释，为什么你的心中总有孤独？为什么你交了那么多朋友还是觉得没人能懂自己？当站在命运的三岔路口，你该选择哪个方向走下去？他为什么不爱你，你为什么不爱他……

听起来是不是很有意思？有种自己的命运掌握在自己手里的感觉。这也是我选择将这个工具和心理学结合去帮助身边的人剖析自己、找到潜在"自我"的原因。摄影圈里有一句话是"拍得不够好是因为你离得不够近"。这句话如果换成关于人生的话题，我觉得可以改成"如果你觉得不幸福，是因为你距离自己的内心不够近"。只有当我们了解自己的时候，才会离自己想要的幸福越来越近，才能掌控住自己的人生。

这样的方式让我更加确定了自己的职责及未来对自己的职业规划。我的大学心理学教授很不解我现在从事的工作，我给他的答案也是给自己的答案：学习心理学的目的是为了更好地帮助别人了解自己，促进心理的健康发展，而学习这个工具的目的也同样意味着帮助别人了解自己。

无论是在哪个领域，我的初心从未改变，都是通过探索人心去探索真正的自己，成为更好的自己。

这也是我写《深夜书店》的初衷。我们度过一个又一个孤独而徘徊的深夜，通过某一个契机把压抑在心里的很多话借着星座的名义说出来，发现未知的自己。通过这个契机让更多在深夜孤独徘徊的人、脆弱的人、压抑的人讲出自己的故事，借由一个有趣的媒介深入地探索自我内心。

一天结束，路灯打在匆匆回家的路人身上。总有一些人在路边迈着懒散的步子，让晚风吹散一天的烦闷，而这个时候，城市里依旧亮着灯的书店也迎来它一天最感性的时刻。背着双肩书包抱着课本的学生，穿着衬衫却脚踩拖鞋的程序员，拎着热水瓶戴着老花镜的老大爷……各种各样的人陆续推开书店的大门，开始上演这座城市的"深夜书店"。

在这本书中，我写了 12 个小故事，这里面每个小故事都是在深夜完成。他们就像寄存在柜台中的物品，有的是自己的，有的是朋友的，有的是我做心理咨询时的案例……深夜书店的 12 个访客分别隐喻了 12 种人格特质，这 12 种人格，每一种都有积极的一面，也有负性的一面。当一个人的生活受到这些负性人格影响时，就会把生命推向充满旋涡的黑洞。这些负性人格就代表着我们内心的孤岛，别人进不去，自己也走不出来，只有勇敢地面对人格阴影，通过一些方式去疗愈和温暖它，才能让我们更有力量地生活。

希望这本《深夜书店》能像儿时陪伴我入睡的书一样陪伴着你们，无论是书中的离奇曲折还是感同身受，都愿你在每个夜晚能感受到其中的温暖，找到其力量所在。你会不会相信，或许在某个别致的小巷口，你就遇见了这样一个不关灯的书房，在最孤单的黑暗里，它一直亮着。深夜书店，是为每一个全力而行、追求成长的人们进行疗愈的绿岛。

每个人都是一座孤岛，明明你那么孤独，却总说一个人真好。我知道你很坚强，手上有把枪，可是心里也要有束光，我说的，是我这一束光。

CONTENTS
目录

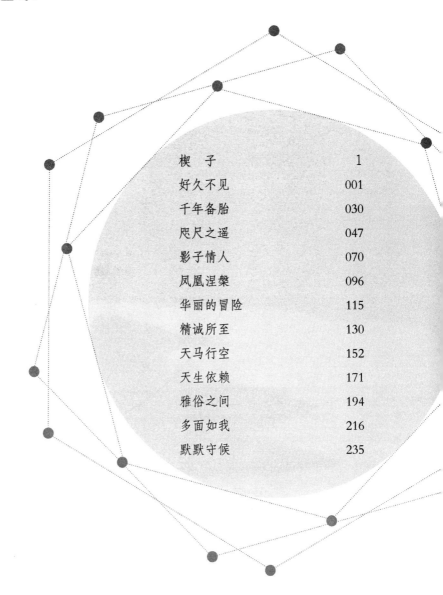

楔　子

深夜书店位于南京市的一条小街上，是一家二十四小时营业的创意书店。十年前，它只是一家仅有二十平方米的小店。那时的店长经营无方，几次决定关店，幸好它被后来的店主宿看中并花钱买了下来，才得以保留。

一开始，宿只想专心经营一家书屋，所有书籍只租不售，只对会员开放，没想到书屋的会员越来越多，在大家的强烈要求下，宿也开始经营售书业务。后来，他合并了旁边的几家小店，又托人将二楼的咖啡店买了下来，作为供人们安静阅读的区域。

现在的深夜书店，是一家占地几百平方米的两层书店，可是店里的正式员工只有两名——姜凡和 Mirror。姜凡是副店长兼导购员兼采购员兼普通员工，Mirror 则是店里的普通员工兼前台兼网络维护员。不过，店里还有很多自发的义工，多是店里的会员或家住在附近的人们，他们随心所欲、不定时地来店里帮忙。当然，义工也可以享受福利，平时的工作时间可以累积为积分，再用积分随意兑换店里的图书、点心，甚至现金。此外，宿还特意设计了一款深夜书店的黑色 T 恤，人们穿上 T 恤，就是店里的员工，脱下 T 恤，就是普通的顾客。

一楼的几千种图书被整齐地罗列在层层书架上，而正对店门的，是店里主推的热销书籍。如果穿过满满当当的书柜走向书店深处，就会发现最里面保留着一片安静的区域，那是宿专门给大家准备的阅读区域。不需要在店里消费，也不需要办理会员，只要你喜欢，随时可以坐在一个舒服的位置享受不被打扰的安静和惬意。以前，那里的空间很大，自从宿开发了二楼之后，那里被新添的图书占领了一半，基本只供一些需要自习的学生或办公人士用了。最新改造的二楼阅读区更大也更舒服，不但添了很多单人沙发，还特意规划了两片讨论区，为读友会或商务人士营造了较好的交流环境。当然，晚上十一点之后，还是要尽量保持安静。后来，经过宿的同意，店里的会员又众筹了几张舒服的沙发床，以方便需要休息的人。

店里还养了一只黑白相间的小猫，大家称它 Max。Max 几乎和宿一样，很少在店里出现，它倒是很喜欢蹲在店门口发呆，时间久了，竟成了店里的明星，一些人慕名而来，专为和

Max 在店门口合影。甚至还有人认为，如果不和 Max 合一张影，就等于没有到过深夜书店。如果你在店里看到很多久久徘徊的顾客，那可能就是在等待不知跑去哪里玩的 Max 回来，争取能和它合影。

最值得一说的，是一楼的角落里设置的一片专属于宿的区域，或许是为了坚持最初的情怀，宿请城里最好的木匠打造了一个红色的玻璃门书柜，专门放读友们在"深夜书店"论坛里预借的图书。宿曾做过心理医生，如果谁足够幸运，会得到宿在红色书柜旁义务为其出谋划策排忧解难的机会。后来，约宿做心理咨询的人越来越多，宿的"随心所欲、一切随缘"的理念也就此告破，最终确定只在深夜进行咨询且需要预约。

面对如此大的一家书店，宿从来没计划要将它经营成什么样子，就希望一切像他的初衷一样——人们进入店里，能感到舒适和自然就好。"随心、随性、随遇"是宿写在前台的六个字。他常说，一个不正经的心理医生开了一家不正经的书店，引来了一群正经的人。而那些充满笑容和泪水的故事，就发生在所谓"不正经的"二十四小时营业的书店里……

好久不见

1

乍暖还寒，夜雨里独有的寒冷令人猝不及防，而亮着温暖灯光的深夜书店安安静静地坐落在街边。姜凡在店角的沙发里缩成一团，寒意一层层地向外晕开，变成了胳膊上的鸡皮疙瘩。Mirror 听着音乐看着窗外的行人发呆，店外路灯昏暗，树影斑驳，落在地上的雨已经结成了细小的冰晶。如果不是宿临时出门，姜凡或许不会陪她无聊。

店里循环播放着陈奕迅的《好久不见》，听起来既轻柔又悲伤。Mirror 拿着一瓶可乐拧了好一阵儿，瓶盖却纹丝不动，一旁趴着的 Max 睡眼惺忪地看着她，眼神里充满了嫌弃和不屑。

"看什么看，没见过拧不开瓶盖的吗？"Mirror 没好气地朝着

Max 说。

"喵……" Max 慵懒地舔了舔爪子，继续旁若无人地打起了呼噜。

也许是天气原因，除了音乐，店里格外安静，最后一个客人也静静地出了门，渐渐消失在茫茫的雨夜之中。

"今晚该不会有人来了吧？"姜凡看着窗外说。

"等我看一下今晚还有没有预约咨询的客人。" Mirror 还在吧台拧着手里的可乐。

"我估计没人会来了。"姜凡撇了撇嘴，从 Mirror 手里拿过可乐自信地一拧，"我去！还真难拧！"

"没人来？那来一只吸血鬼也不错。" Mirror 一脸陶醉地说。

"我早就跟你说了，少看那些牛鬼蛇神，不知道你脑子里装些什么。"

"没有吸血鬼的话，一只狼人也不错，至少他可以帮我拧开可乐。" Mirror 耸了耸肩，没在乎姜凡说什么，姜凡不禁更恼火了。

"美女，请问一下，今晚到底有没有预约咨询的客户？"姜凡忍住心中的火气，微笑着说。

"少跟我贫！" Mirror 不耐烦地打开电脑，点了点鼠标，"半小时后，一个男的，名叫 Levi。"

"什么星座？"姜凡问。

"4 月 12 日，白羊座。欸，你怎么又问星座了？宿已经不止一次地说过你了，我们做的是心理咨询，不是用你的星盘占卜吉凶，怎么还不长记性？"Mirror 认真地推了推眼镜，好像不高兴了。

"白羊座？"姜凡同样没在乎 Mirror 说什么，手里拿着自己拧不开的可乐，看着窗外发呆。

2

静谧之中，店门忽然被推开，一个高大健壮、看起来三十几岁的男人走了进来。由于没拿雨具，风衣已经湿透了，一直在用双手整理头发，给人一种《重庆森林》里的金城武一般的气质。他进了书店，径直向姜凡和 Mirror 走了过去。

"深夜书店？"男人的声音很浑厚，还在用炯炯有神的眼睛四处打量书店。

"是啊。"Mirror 回答。

"你们真的是二十四小时营业吗？"

"对的。"Mirror 说着，递给了男人几张纸巾。

"还有深夜咨询？"男人一边擦着头发和身上的雨水，一边问。

"是的，需要在网上预约。"

"哦。"男人若有所思地点了点头，继续观察着店里的每一个角落，很快，就将目光停在了姜凡手中的可乐上。

"拧不开吗？给我试试。"

"别费劲儿了，能拧开的话，我早就……"

没等姜凡说完，男人就拿过了可乐用力一拧。被摇晃过的可乐像香槟一样喷了出来，几乎淋了他一身，男人不禁脱口而出："我去！"

"你，你是吸血鬼还是狼人？"姜凡一边问一边惊慌地递给他一条毛巾。

"我是 Levi。"他拿过毛巾，进了卫生间。

"说好半小时后，怎么早到了？"Mirror 看着他的背影，小声嘀咕着。

"白羊座嘛，"姜凡心想，"主动、热情的白羊座从来是记起什么就去做什么，无所事事的时候，早到三十分钟也不是什么怪事。"

不一会儿，Levi 走出卫生间，又恢复了阳光健康的形象，面带笑容，一头长发被梳得整整齐齐，明亮的眼睛似冷峻又温暖，身形笔直、坚挺，即使裤管被雨水淋湿了一点，仍给人一种干净利落的感觉。

"你是军人吗？"姜凡看着 Levi 问。

"曾经是。嗯？你怎么知道？深夜书店果然神秘。"Levi 惊讶地看着姜凡。

"哈哈，就是随便猜的，每个人的身上都会散发出符合自己身份的特质，只是你表现得尤为明显罢了，看起来很符合军人的身份。"姜凡笑了笑。

"哦，是吗？那我该谢谢那个让我成为军人的女生了。下次去看她的时候，我要跟她聊聊，哈哈！"Levi 大笑。

"你们感情很好吗？她没跟你一起过来？"Mirror 问。

"嗯。"Levi 想了想说，"我们分开了，阴阳两隔的那种。"说完，他耸了耸肩，挤出一副尴尬的微笑。Mirror 吓得赶紧闭上了嘴。

"一会儿再说好吗？我饿坏了，先来一杯蓝山咖啡和一份法式蛋糕吧，谢谢！"Levi 又说。

"喵呜……"一说到蛋糕，Max 就从沙发上站了起来。它抖了抖身上的毛，又夸张地伸了个懒腰，像是故意叫别人注意它似的。

"你们还养了一只猫？"Levi 问。

"不，是 Max 养着我们，瞧它那副大爷的样儿。"Mirror 看着 Max，一脸嫌弃地说。

"希望我没打扰它的美梦。"

"不会，它一定是饿了。"Mirror 说。

果然，Max 跳下沙发，讨好地蹭着 Mirror 的脚踝，Mirror 却绕开它进了料理室。Max 迅速爬了起来，靠着料理室的门，一脸深情地看着在里面忙活着的 Mirror。

"哈哈哈哈……"看着 Max 的样子，Levi 大笑着说，"你们家的猫还挺有意思！"

"是的，它通人性的。"姜凡说，"哦，对了。Levi，我忘了自我介绍，我叫姜凡，刚才那位是 Mirror。"

"哦，你好姜凡，你叫我李维就好。"李维说，"你们店里的音乐不错，是特意为我准备的吗？"

"当然了！"姜凡回答，那首《好久不见》是宿出门之前故意设置了单曲循环的，他总会预先依据客户的喜恶做足准备。

"每次听它的时候，我总会想起一个人。"李维收起了刚才的笑容。

"让你成为军人的那个人吗？"

"哈哈，你又猜对了……她叫舒窈，是二十多年前，我在国外的一所学校里唯一认识的中国同学。"李维说。

"舒窈？名字真好听。"姜凡忍不住赞美道。

"是啊，听她说，自己的名字出自《诗经》……"

"月出皎兮，佼人僚兮；舒窈纠兮，劳心悄兮。"没等李维说完，Mirror 就一边补充，一边将咖啡和蛋糕放到了李维面前。

李维惊讶地看着 Mirror："你，你怎么知道？"

"《诗经》嘛，从小就会背咯。"Mirror 得意地说。她将一小块蛋糕放在 Max 的餐盒里。Max 低头吃着蛋糕，白色的奶油沾满了它的胡子。

"厉害。"李维吃了一口蛋糕，开始说起自己的故事。

"刚到国外上学的时候，我的英语水平不好，没什么朋友，舒窈是唯一用母语和我交流的人。那时候，我总觉得我们就像兄妹一般，也会不由自主地保护她，我们经常一起在树林里聊天，那片树林也成了我们在国外的乐土，陪我度过了一段最难忘的快乐时光。"李维仍陷在回忆之中，舒窈的样子一直镌刻在他的心底，令他魂牵梦绕。

"那时候，我们几乎形影不离，我一直以为我们的感情会一天天地升华，可是……"

"出了意外？"姜凡忍不住问。

"嗯，算是吧。你知道的，国外的治安不是很好，各种暴力、偷盗的事情时有发生。我一辈子也不会忘记失去舒窈的那晚，"李维说话的时候，不自觉地握紧了拳头，"没人能帮助我们，我拼了命也无能为力。可是，失去了她，我才真正发现自己多爱她。"

"节哀吧，不是所有的事情总能如愿的。"Mirror 悲伤地说，"面对生死，我们的力量简直可以忽略不计，因为我们真的无能为力。"Mirror 的爷爷去世不久，她最能了解生离死别的感觉。

"是啊，无能为力，你说得太对了。我唯一能做的，就是去了她的故乡，吃了她跟我说过的每一样小吃，走过她告诉我的每一条街道。我总觉得，那里留着她的影子和气息，只要我用心去感受她所经历的人生，就会更深入地了解她。后来，一听到《好久不见》，我就会想起她。"

"你做了那么多，如果舒窈知道了，一定会很欣慰的。"Mirror 安慰着他。

"经过一场打击，你就产生了成为军人的想法？"姜凡问。

"是的，那时候不知道从哪里来的勇气，我不顾所有人的反对，非要去当兵，家里的意见很大，可也没能阻止我。"

"嗯，白羊嘛，独断专行……"没等姜凡说完，Mirror 就回头白了他一眼。姜凡偷偷笑了笑，假装没看见，却乖乖住了嘴，只是心想："那时候，如果李维不做点什么，完全不符合白羊座的作风嘛。要知道，白羊座的人，一生只在忙两件事——'要去做'和

'正在做'，过程和结果从来不是他们会认真考虑和计划的。"

Max 旁若无人地吃完了蛋糕，此时正兴致勃勃地舔着爪子和嘴边的奶油，Mirror 忙拿出纸巾替它擦了擦。Max 满意地跳到了另一张沙发上，又开始窝着发呆。

"您继续讲吧。"Mirror 不好意思地笑了笑。

李维放下手中的咖啡杯，说："后来，我在国外参加了维和部队，就是希望能在别人真正需要我的时候，可以保护好他们，因为那种失去心爱之人的感觉，我再也不想感受了！"

"分析你的星盘，可以看出你注定此生要走上军人和战士的道路。"姜凡看到预约信息里的出生时间，查到了李维的星盘。

"我觉得不是星盘的原因，而是过去的经历影响了他的选择。悲伤的能量可以毁掉一个人，另一方面，它也可以让一个人脱胎换骨，重获新生，比如李维。"Mirror 纠正了姜凡。

"那后来呢？脱胎换骨以后的李维，又做了什么'惊天地，泣鬼神'的大事？"姜凡玩笑似的问。

"也没什么'惊天地，泣鬼神'的吧，不过，你们在电视剧和小说里看到的那些生死瞬间，于我们而言，就是生活的一部分吧。很多时候，人生真的比虚构的故事更精彩、刺激。"李维看起来风轻云淡，语气里却还是透出了一点自豪。

"后来呢？"Mirror 急切地问。

"什么后来？"

"就是……你怎么又会到我们店里……"Mirror 小心地暗示了一下，三人不约而同地笑了。

"后来的故事就有趣了，也是我预约咨询的原因。你们看过《大话西游》吗？"

"嗯嗯，看过！"Mirror 回答。

"第一部，至尊宝喜欢的白晶晶死了；第二部，紫霞仙子又被牛魔王杀了。"李维惋惜地说。

"啊？难道你……第二个爱人又……"Mirror 以为李维的第二个爱人又惨遭不幸，表情顿时紧张起来。

"哈哈哈！没有！"李维大笑着说，"能麻烦你再弄些吃的吗？等会儿我再继续说。"姜凡和 Mirror 更好奇了。

Mirror 一进厨房，屋子里开始弥漫着食物的香气，Max 却没再动，看样子，它已经吃饱了。

3

阴雨连绵的夜总易令人意志消沉，Mirror 却起了兴致，哼着歌开始做自己最拿手的甜点——法式巧克力闪电泡芙。或许，除了顾客是一个帅哥，那个精彩的故事也是一份动力吧。姜凡正陪着李维，兜里的手机响了。向来喜欢直奔主题的宿说："客人应该还有几分钟就到了，告诉他再等十分钟，我马上就回去。哦！对了！红色书柜的第二层里放着一本《毕竟战功谁第一》，你拿出来就给他。"

"好。"姜凡也不喜欢啰唆，简洁地应了一声就准备挂断电话。宿却又补充了一句老生常谈的叮嘱："别跟客人聊星座。"

李维见姜凡一脸无奈，问道："刚才是谁？"

姜凡说："是店长宿，他让我给你拿一本《毕竟战功谁第一》。"

"嗯，对，我之前是预订了的。"李维说。

"是它吗？"姜凡从红色书柜里翻出了那本《毕竟战功谁第一》，递给李维。李维浓眉一扬，双眼闪光，连声说："对对对，太好了，我买了！多少钱？"他已经迫不及待了。

"对不起，只借不卖，"姜凡用下巴指了指红色书柜，说，"而且仅此一本《毕竟战功谁第一》，还是一位读友送来用作交流的。你可以拿回家读，但必须在限期里还回来。"

"哦，那替我谢谢那位读友！"李维呆呆地看着旁边的书柜，良久无言……

Mirror再次端着她的美食走出了厨房，除了甜品，还多了三杯红酒："今晚就让我们仨在寂寞的雨夜里听听现实世界的至尊宝经历的红尘往事吧。"Mirror 用一种怪调打破了尴尬的气氛。

"2007 年，我离开了之前所属的部队，进入了伦敦奥运组委会，负责安保工作。"李维吃了一口闪电泡芙，满意地点点头，又说，"2008 年 6 月，我被调回北京，考察北京奥运会的安保工作，结识了紫苏。"

Mirror 皱着眉头问："紫苏？'第二部'里的'紫霞仙子'吗？"她放下手里的酒杯，若有所思。

"是的。当时，紫苏还是学生，在做奥运会志愿者，主要是给我们的考察团做翻译，看起来特别美……"李维一边说，一边陷入了美好的回忆。

"她和舒窈，谁更漂亮？"

Mirror 的问题让李维猝不及防，他仔细思考了一下，说："紫苏更漂亮一些吧。"

"唉，男人哪！"Mirror 意味深长地叹了一口气，拿起酒杯。

"不是你问谁更漂亮吗？回答你了，又怎么了？"李维无奈地挠了挠头。

"不愧是个直来直去的白羊座。"姜凡笑了笑。

"两个多月里，紫苏一直尽职尽责为考察团服务，几乎和大家形影不离，而且我们休假的时候，我竟然还在好几个地方和她偶遇了，北京那么大，你们说是不是缘分？"李维说话的时候，毫不掩饰内心的得意。

"所以你就爱上她了？"Mirror问。

"那倒没有。"

"那时候，他肯定还没从对舒窈的感情里走出来呢，比较犹豫吧。"姜凡说完就转向李维问："那个时候，你并没有主动追她，是吗？"

"是啊，刚开始，我确实比较犹豫。我比她年长十岁，又只是工作关系。尽管心里一直怀着一种说不出来的独特好感，但绝不是爱。"

"爱情是由一开始的喜欢慢慢转化的。"Mirror喝了一口红酒，一脸坏笑地看着李维。

"对，一开始，只是普通的喜欢和好感，并没有什么别的想法，可那时突然出现了一个情敌，直接点燃了我和紫苏的爱情之火。"

"情敌？"姜凡和Mirror不约而同地发出了疑问。

"是啊，紫苏跟我抱怨，说一个男生死缠烂打地追了她两年多，用尽了各种浪漫的招数，可她一直没什么感觉，快烦死了。"

Mirror 忽然抿着嘴笑了起来，谁也不知道她在笑什么。倒是姜凡急切地问："后来呢？你怎么做的？"

"我能怎么做？小孩子的恋爱游戏，我还能做什么？倒是那个男生主动找了我，竟然要跟我单挑。"

"可能是因为紫苏跟那个人说了你的事情。"Mirror 说道。

"是啊，所以当时我还暗暗高兴了一会儿。"

"那么，一个三十多岁的军人将一个手无缚鸡之力的大学生打了个落花流水吗？"Mirror 问道。

"我向天发誓，我让了他两只手。"李维耸了耸肩，无奈又滑稽地瘪瘪嘴。

"他认输了？紫苏就属于你了，是吗？"Mirror 兴奋地问着，眼睛里发着光。

"嗯，那件事之后，我们就在一起了。"李维也毫不掩饰自己的自豪。

"白羊座果然是一个和'第一'关系密切的星座，"姜凡心想，"李维的精神里流淌着白羊座的血液，那是关于坚强、梦想和原生的血液，也是关于爱与欲望、自私与荣耀、冒险与抗争的精神。显而易见，李维是一个争强好胜的人，他的追求既纯粹又简单——做一个强者，那是人类在优胜劣汰的社会中所保留的最原始的欲望。

年轻的情敌激起了李维的欲望和冲动，而作为胜利的一方，他也很享受得到奖赏的自豪感。"

"北京奥运会结束以后，我回英国了，可是我的心早就已经留在了紫苏身边，即使远隔万里，我们也无时无刻不在思念彼此。那时候，我们各自疲于电话、视频的'约会'，几乎颠倒了时差。最后，我终于忍不住煎熬，伦敦奥运会一结束，就飞回北京和她结婚了。"

"可算是终成眷属了？"姜凡问。

"是啊，婚后生活很温馨、很甜蜜，一度引起了朋友的羡慕和'嫉妒'。那时候，她觉得最幸福的事就是三口之家一起生活、一起旅行，我就答应要给她一个最完美的家。"李维喝了一口红酒，继续说，"她让我走出了失去舒窈的阴影，我就希望能一直陪着她。"

"真好啊！"Mirror 一脸羡慕地说。

"可是，后来我伤害了她。"

"怎么了？"姜凡追问。

李维眼眶湿润着说："《大话西游》里，至尊宝那么喜欢紫霞仙子，最终还是没法保护她，而我曾经保护了那么多人，却保护不了自己最爱的人，我伤害了紫苏。"

店里陷入了长久的沉默，窝在沙发里的 Max 抬了抬眼皮，看着眼前的三个人，喉咙里发出了"咕噜噜"的声音。Mirror 又为李维倒了一些红酒。李维看了看酒杯，忽然苦笑了一下，哽咽着用手覆住了脸和眼睛。

姜凡看得出，那是心里的痛苦缓缓延展在脸上，再蔓延到嘴角的表情。正当姜凡和 Mirror 不知如何安慰李维的时候，店门被推开了，沉寂了好久的空气忽然流动开来，三个人齐刷刷地望向门口，是宿回来了。

Max 灵巧地跳下沙发，绕着宿平跑了一圈，或许是发现随宿而来的只是黑色的大伞和一地的雨水，并没有自己最喜欢吃的小鱼干，便只是嗅了嗅，就悻悻地低着头继续趴回了沙发。

"是李维吧？我是宿，抱歉，我才回来。"宿不好意思地说，又小心翼翼地挂好被淋湿了一角的大衣。

"没事，我们聊得很好，你也一起喝两杯吧。"李维一边举起酒杯，一边笑着说。

"好！"

宿回身进了一个不起眼的员工更衣室，不一会儿，就穿着干净的衣服走了出来。

"那……我们现在聊些什么？"Mirror 一边往宿的杯子里倒着

红酒，一边小心翼翼地问。

"继续说你们之前聊的话题就好，"宿说，"李维的事，我之前也知道一些。"

Mirror 回头看着李维问："你觉得呢？"

李维晃着手中的酒杯，笑了笑，说："悉听尊便。"

四个人在安静的店中一起碰杯，继续聊起了李维的故事。

"那时候，我们经常一起畅想的生活是可以生活在漂亮的房子里，我负责工作赚钱，她负责料理家务，再生两个孩子，轮流给他们讲故事，陪他们玩耍，哄他们入睡，看着他们一天天地长大。"

"然后呢？"宿问。

"我就努力工作，下决心一定要让紫苏和孩子生活在一个完美的家里。当然，赚钱于我也不是什么很难的事，结婚以后，我们从没为钱发愁过。"

"你们生小孩了吗？"

李维一口喝光了杯中的红酒，叹了口气，说："问题就是出在孩子身上。"

"孩子怎么了？"三个人一脸疑惑。

李维正沉默着，Mirror 忽然说了一声"我想起来了"，吓了周围人一跳。

"你又想起什么了？大惊小怪的！"姜凡不耐烦地说。

"我好像认识那个紫苏！"

"什么？你认识紫苏？"李维瞪大眼睛，不敢相信似的看着Mirror。

"是啊，就是那个紫苏！她还在咱们书店的论坛里发了自己的故事！"

"什么时候？"姜凡纳闷地看着Mirror。

"我好像也不记得了……"宿费解地思考了一会儿。

"哎呀，你们是榆木脑袋吗？那我拿给你们看！"

Mirror将放在前台的笔记本拿到众人面前，简单输入了几个关键字，又潇洒地敲了回车，一篇密密麻麻的文章就显示在众人眼前。

"你们看！是不是？和李维说的几乎一模一样，你们看看！"Mirror无比自信地说道。

"天哪，还真是！"姜凡揉揉眼睛，"Mirror，我看咱们店里的电脑也该放假了，你简直就是个'人形电脑'啊！"

"切，别跟我贫，小女子生得弱不禁风，在智商方面还是很自信的，我的记忆力就好比我的美貌。"

"怎么说？"姜凡好奇地问。

"当然是比翼双飞啊！"Mirror 不耐烦地回了姜凡一句，姜凡心里简直涌出了一万句"后悔"。

如果不是亲眼看到论坛里的文章，几个人简直不敢相信世界上还有那么巧合的事。

原来初识不久，紫苏就觉得"他的言谈举止很成熟，即使偶尔偏执，那种舍我其谁的霸气也令我折服。即使曾因一点失误被训斥，我还是很崇拜他，甚至觉得他就像我的守护神一样"，更令人震惊的是，李维所说的几次"偶遇"是紫苏故意安排的。不管是正好走进同一家餐厅，还是正好喜欢同一本书，那些精心设计的桥段确实拉近了两人的距离。

最令姜凡关注的是，紫苏竟然从李维的护照里发现他是白羊座，又在网上搜罗了各种"攻下"白羊座的"套路"。一听说白羊座的人喜欢挑战，就将朋友精心设计成一个"情敌"，没想到李维正中紫苏下怀，两个人的世界成功地融合在了一起。婚后生活也是羡煞旁人，可后来的故事急转直下。

紫苏一直很喜欢小孩，可爱情的结晶总是不肯出现。沮丧的她开始怀疑自己的身体是否健康，还背着李维悄悄去医院做了检查，得到一切正常的结果后，紫苏松了一口气，可是，李维渐渐地开始冷淡紫苏。

朋友告诉紫苏，这一切都是两个人必须经历的过程，没有哪段爱情能永远充满激情，经历了平淡的考验，方可感知爱情的真谛。紫苏相信自己和李维，也更坚定了信心，可李维的态度不仅一点也没有好转，反而变本加厉了，经常醉醺醺地回家，甚至彻夜不归，一连几天见不到人影。最深爱的人竟然成了自己心里的一块阴影，紫苏既不敢逃避又无法面对，既痛苦又失望，一次次地躲在房间里大哭。

李维又开始哄她，说自己一定改，不再喝酒了。紫苏既渴望自己能相信，又不敢相信，开始害怕自己并不了解真正的李维。

果然，李维又一次做出了让紫苏不能忍受的事情——她闻到了李维衣服上的香水味，又发现他经常跟一个陌生女人联系。

紫苏近乎崩溃，她不顾一切地厮打眼前的男人。李维无话可说，只好落荒而逃，连沙发上的钱包也没顾得上拿。

"我们谈过离婚，可我不甘心。他从没给我一个合理的解释，甚至没有一句借口和欺骗，难道他连一句谎言也懒得说吗？"紫苏不断在文章里追问着为什么，甚至不惜得到一句谎言。

最后，紫苏用一首诗作为故事的结尾，她写道："那是我们以前最喜欢读的诗，也是我们爱过的证明。"

我愿意是急流 / 是山里的小河 / 在崎岖的路上 / 岩石上经过 / 只要我的爱人 / 是一条小鱼 / 在我的浪花中 / 快乐地游来游去

我愿意是荒林 / 在河流两岸 / 对一阵阵的狂风 / 勇敢地作战 / 只要我的爱人 / 是一只小鸟 / 在我的稠密的 / 树枝间做窠，鸣叫

我愿意是废墟 / 在峻峭的山岩上 / 这静默的毁灭 / 并不使我懊丧 / 只要我的爱人 / 是青青的常青藤 / 沿着我荒凉的额 / 亲密地攀缘上升

我愿意是草屋 / 在深深的山谷底 / 草屋的顶上 / 饱受风雨的打击 / 只要我的爱人 / 是可爱的火焰 / 在我的炉子里 / 愉快地缓缓闪现

我愿意是云朵 / 是灰色的破旗 / 在广漠的空中 / 懒懒地飘来荡去 / 只要我的爱人 / 是珊瑚似的夕阳 / 傍着我苍白的脸 / 显出鲜艳的辉煌

看着紫苏写下的文字，李维不禁失声痛哭。姜凡和 Mirror 只能手足无措地看着他，无法理解也不敢相信眼前这个重情重义的李维竟是个喜新厌旧的负心汉，不停地在心里问着"为什么"，宿却看起来表情平淡。

许久之后，姜凡打破了尴尬的气氛，故作平静地朝着宿说："他们之间是不是另有隐情啊，不然李维咨询什么呢？"

宿不置可否，姜凡又问李维："你之前说自己没办法保护紫霞仙子，是什么意思？"

Mirror 沉默着，递给李维几张纸巾。

李维做了几个深呼吸，终于冷静了下来，说："谢谢你……我，我真没想到自己竟然伤她那么深。"

"那你真的和别的女人……"Mirror 小心翼翼地问。

"没有，那是我故意骗她的。"

"故意骗她？"

"是的，为了跟她分手。"

"我怎么越听越不明白了？到底是为了什么？"

李维叹了口气，又说出了那些被他藏起来的故事。

多年以前，李维在一次反恐任务中受伤，尽管之后恢复了健康，可婚后一直没有孩子，他不得不偷偷去了医院，得知了自己不愿面对的现实。曾经不畏一切的李维，开始害怕别人的嘲笑、妻子的失望，更怕自己被命运贴上无法生育的标签。

一直以来，李维觉得自己就像一个战士，可自那以后，他的敌人就是自己，所有攻击只是徒增痛苦。日渐失去理智的李维，只好拿出自己认为解决问题的"最好方法"——让紫苏恨他，再离开他，尽快走出阴影，迎接新的爱情和家庭。

三人听完李维的解释，恍然大悟，又为李维的粗暴做法生气。

姜凡不禁心想："当初，紫苏导演了'假情敌横刀夺爱'，两人走进了婚姻的殿堂，李维又导演了一出'负心汉喜新厌旧'，伤透了紫苏的心，不愧是天生一对。"

"我是想咨询，怎么才能跟紫苏分手，又不让她难过？"李维问。

"呃，确实是个让人纠结的问题……"Mirror 拍了拍脑袋。

"我知道！"姜凡大声说着，似乎有了一个好主意，"分手的时候，你给她一笔巨款不就好了吗？"

"切，庸俗！"Mirror 白了他一眼。

"怎么？难道我说得不对吗？既然弥补不了感情，就只能用金钱咯。"

"你说得也有道理，可紫苏不是那样的人。"李维叹了口气，"如果她是那样的人，反倒好了……"

众人陷入了思考，一时间，店里安静得只能听见窗外的雨声。

宿缓缓开了口："在思考分手问题之前，我可不可以问你另外一个问题？"

"什么？"李维抬头看着宿的眼睛。

"你爱紫苏吗？"

"爱，当然爱！"

"那为什么要和她分手呢？"

"就是因为我太爱她了，却没办法给她一个幸福的家庭，只好选择退出，祝她幸福。"

"祝她幸福？你觉得她现在幸福吗？她所有的幸福是你给她的，而现在所有的悲伤也都是拜你所赐。"

"我也是迫不得已……"李维低下了头。

"你确实是迫不得已，你迫不得已面对无法生育的现实，又迫不得已地击碎了自己的英雄梦。你以为自己可以保护任何人，却总将生活想象得过于完美，结果连真正的自己也不敢面对！"

"真正的自己？"听了宿的话，李维若有所思地问。

"无法生育，确实是你的痛苦，可你以此为由跟她分手，还说是为她好，不太好吧？不要沉浸在自己的英雄梦里了，你不觉得你很大男子主义吗？你选择独自承受一切，是不是没有公平地面对紫苏？你是不是太自私了？

"其实，你不是要问怎么分手能让她不伤心，你真正需要的是两个人还能在一起生活的理由。"

"是。"李维抽泣着应了一声。

"你只是看到了自己给不了紫苏的东西，还夸张地放大了它，却忽视了你能给她幸福和快乐。"

"所以紫苏觉得失望、伤心……"Mirror 补了一句。

"是啊，你该去向她坦白，给她一个答案，也给自己一个交代。"宿说。

"我明白了。"

"去吧，你能做到的！"宿轻轻拍了一下李维的肩膀。

"谢谢你们，我冷静了很多。"李维一边说一边站了起来，"谢谢，今天的红酒也很不错！"

"记得常来喝呀！"Mirror 一边俏皮地说一边握紧拳头给他鼓劲。

"会的！"

李维起身告辞，拿起那本《毕竟战功谁第一》出了门，消失在茫茫夜色中。

4

"雨停了。"姜凡看着窗外，说。

"是啊，你猜李维和紫苏还能在一起吗？"Mirror 问。

"我也不确定。"

"我希望他们还有机会，能解决眼前的问题啊。"Mirror 说。

"可是，解决并不一定代表他们会在一起啊，也许和平分手，彼此理解，也是一种解决方法。"宿安慰 Mirror。

"爱情的世界果然错综复杂，没有道理可言，我好担心啊！"Mirror不自觉地将下巴顶在怀里的抱枕上。

"你担心什么？"

"我担心自己毫无道理地爱上一个人，两个人又毫无道理地在一起，最后毫无道理地分开。"她像只可怜的小猫，逗得姜凡发笑："你真是傻得可爱。"

Mirror忽然问道："作为男人，你说是冰雪聪明的女人更讨人喜欢呢，还是那种傻得可爱的女人更惹人爱？"

姜凡一下子愣住了。"嗯，我肯定是喜欢像你一样冰雪聪明的女人啊！"他厚着脸皮笑着说。

"骗子！"Mirror一脸鄙视地给了姜凡一个白眼。

"因为只有聪明的女人可以在社会上立足，为男人分忧解难嘛，娶你回家肯定不用操心。"姜凡又补充道，"不过，如果妻子太强势，丈夫的英雄情结怎么施展呢？一些男人可能会害怕聪明的女人。"

"切，那你觉得你所谓的白羊座的男人，比如李维，喜欢什么样的女人？"

姜凡想了想，说："小鸟依人型？弱不禁风型？"

"与其说不同的男人喜欢不同类型的女生，不如说不同年龄段的男人喜欢不同类型的女生。"Mirror刻意强调了"不同年龄段"

几个字，又说，"总说女人是多变的，还不是你们男人闹的？我只信在书里看到的一句话：'不管怎么样，聪明的男人遇上聪明的女人，等于战争；傻男人遇上聪明的女人，等于绯闻；聪明的男人遇见傻女人，就是婚姻。'"

"我还在书上看过一句话。"姜凡说。

"哪句话？"Mirror 一脸认真地看着姜凡。

"听了那么多道理，依然过不好一生！哈哈！"姜凡一脸坏笑地看着 Mirror。

"滚蛋！"

"其实，白羊座的人，一生都在不停地战斗，他需要靠对抗和战斗进化自己。可是，当他无处发泄自己与生俱来的炽热能量时，就会找一个不合理的敌人对抗。"姜凡忽然又认真起来。

"李维确实傻，他一直沉浸在自己的英雄梦里，伤人伤己。"Mirror 惋惜地说道，"也许，他从一开始就打了一场错误的仗，连敌人也选错了，唉。"

宿喝了一口红酒，说："或许是因为他的英雄梦太脱离实际了。很多人的错误是不敢相信自己的无能，只好挣扎、战斗，最后遍体鳞伤。"

"那你觉得李维和紫苏还有机会吗？"Mirror 又问了同样的

问题。

宿笑了一下，白净的脸上现出了两个酒窝，声音却又散发着男人的魅力："我不知道。"

"我刚才看了他们的星盘，应该还能见面，并且……"姜凡说。

"别忘了，我们只能提供建议，不能干预别人的命运。"宿轻拍了一下姜凡的肩头，回身进了糕点房，安安静静的店里又只剩下Mirror和姜凡，好像之前的一切都没有发生过。

Mirror靠着姜凡，手里还拿着只剩半瓶的可乐，竟不知不觉地睡着了。店里依然循环着陈奕迅低沉的声音，却好似更温暖了一些……

我来到 / 你的城市 / 走过你来时的路 / 想象着 / 没我的日子 / 你是怎样的孤独

…………

不再去说从前 / 只是寒暄 / 对你说一句 / 只是说一句 / 好久不见

…………

白羊座：自我投射

　　白羊座最容易出现心理投射，即用自有的知识、经验解释事物，主要表现在他们视世界为战场，视身边的一切甚至自己为敌人。作为一个战士，白羊座斗志满满，具有很强的目标性，总在不停地冲刺，并认为谁先到达谁就能获胜，一旦发现失去敌人，他们的热情就会迅速下降。

　　白羊座最核心的需求是展现自我价值。与别的星座不同，白羊座极具攻击性，当他们将自我意识投射到外界并认为一切皆是竞争时，往往很少顾及别人的想法，而激怒他人的结果是，白羊座不仅无法实现自己的追求，还会产生心理防御，从而更具有攻击性。如果不能正确疏解，就会形成恶性循环。

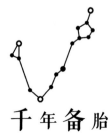

千年备胎

1

日渐入夏，城市里没有一丝清凉的感觉，彻头彻尾的燥热不留情面地贯穿了每一分钟，哪怕黄昏渐近，也丝毫没有退缩的趋势。

深夜书店店门紧闭，店里的空调不停制造着新鲜的冷气，一时成了临时避暑的绝佳胜地，一些人为了吹免费的空调，干脆在二楼的阅读区通宵读书，以至店里人满为患，甚至连一楼到二楼的台阶上也挤满了看书的人。

Max 已经一个星期没有迈出店门一步，任凭那些平常跟它一起厮混的小野猫在门外如何呼唤，它也只是充耳不闻，静静在店里享受安静清凉。

姜凡正准备上楼看看免费供应的绿豆汤还需不需要补充，就看见一个姑娘光着脚盘腿坐在沙发上，正兴致勃勃地看着一本书，还时不时笑几声。姜凡只得走过去，低声说："您好，对不起，店里不准脱鞋。"

女孩看了看摆在地上的鞋子，不好意思地笑了一下，就穿上了鞋子。

姜凡又走到茶歇区，小心翼翼地将新鲜的绿豆汤倒在一个周身透明的玻璃瓶里，就转身下楼去了。

不一会儿，那个光脚的姑娘下了楼，拿着刚才看的那本书，小声说："你可以帮我保管一下吗？我出去一下，马上就回来。"

"可以啊！"姜凡笑着回答。

那个姑娘低头道了一声谢，就快步走出了书店，没过五分钟，她就回来了，脚上的鞋子已经换成了人字拖，姜凡忍不住暗笑了一下。

店门忽然被打开了，一股热浪直扑过来。一个戴着黑色宽边眼镜的男生站在姜凡身边，礼貌地问："请问，店里有《张爱玲文集》吗？"

"《张爱玲文集》？"姜凡看着眼前的男生回忆了一下。

"我之前在网上预订过的……《张爱玲文集》。"男生小声地说，看起来很是拘谨。

"哦，有啊！"

姜凡记起那个男生是前几天预约了深夜咨询的顾客，问道："汪……汪海，是不是？"

"是！是的！"那个男生忙点头回答。

"Mirror，你去叫宿过来！"姜凡朝坐在吧台旁的 Mirror 喊道，正在看书的 Mirror 抬头望了望。"借《张爱玲文集》的那个。"姜凡又补充道。

Mirror 笑了一下，转身进了蛋糕房。此前，他俩就了解了一点汪海的备胎故事，总算是见到本尊了。

汪海不时拘谨地搓搓手，又不时取下眼镜、揉揉眼睛，憨厚地笑笑，又低下头扳起自己的手指头。姜凡端了一杯咖啡给汪海，他不好意思地喝了一口，又用力握着杯子，似乎准备了一会儿，终于忍不住开了口："大师，您得帮帮我啊！"

"什么大师？"姜凡措手不及地问。

"听说您对星座挺了解的……那个，您看我的留言了吗？双鱼座女孩的那个。"

"嗯，看到了，不过只有几句话，我还不太清楚你们的故事。"

"我恨双鱼座。"汪海说。

"等等，我就是双鱼座，我很讨厌吗？"姜凡打趣道。

"我又爱双鱼座。"汪海低头自言自语。

"呃，兄弟，你还是恨吧……"

"宿说客户是点名约你咨询的，他正做蛋糕呢！"Mirror 从蛋糕房出来，朝着姜凡说。看起来，汪海很了解他们的分工。

汪海失落地叹息一声，藏在心里的不甘总是让人唏嘘，与其说他在给姜凡讲故事，不如说他在整理自己的回忆。

2

高中时代，二子从外校转学，被安排为汪海的同桌。正是十七岁的年纪，那次遇见，也成了汪海记忆里最好的色彩。可是，汪海没想到他们的缘分一拖就是十年，从学生时代到步入社会，汪海的人生里一直留着二子的影子，甚至可以说汪海的人生时间轴就是二子的成长史。二子经常出现在他的梦里、生活里，时隐时现，若即若离，像水里的一条鱼，他看得见却抓不住。

刚认识的那年秋天，正赶上小城里最好的景色，一望无际的田野就像凡·高的油画一般热烈，站在田野里就如同置身于最美的画里，二子从没见过那样的景色，就拜托汪海领她去瞧瞧。两人趁放学的时候，一前一后走在通往麦田的路上。夕阳西下，微风徐来，田边的小河里漾起了涟漪，虽然冷了一点，可在汪海的回忆里，那是他最快乐的一年。

北方的冬天尤其寒冷，也总逃不开雪的主题。那时候，汪海和二子家的距离很远，为了能和二子一起上学，他总是早早出发，绕很远的路去找二子，即使在下着大雪的天气里，也不曾中断，而二子也总是穿着薄薄的黑色棉服站在楼下等着汪海。

一晃又到了春天，汪海邀请二子到自己家做客，正当汪海准备到自家鱼塘里为二子网鱼的时候，二子却严肃地问："你为什么抓鱼？"

"中午吃呀！春天的鱼最好吃了。"汪海说。

"我从来不吃鱼。"二子说。

"为什么？"

"因为我是双鱼座。"二子顿了顿，又说："以后你也不准吃！"

每个人都会在心里保留着一些稀奇古怪的原则，汪海没想到二子的原则如此奇怪，可从那以后，傻傻的汪海竟再也没吃过鱼。

时间一天天过去，汪海和二子的关系也愈加亲密，可他几次决定表白又因为害怕而放弃了。他甚至安慰自己："高中恋爱，即使成功，也无非就是一起吃饭一起学习，一旦表白失败，就是形同陌路，反正自己和二子已经形影不离了，应该不用表白了。"

两人一直维持着若即若离的关系，说是哥们儿，汪海觉得不甘心，说是情侣，可又缺了些什么。汪海就像诸多暗恋者一样，总在担心自己冒昧而失去现有的朋友关系。

一时间，姜凡竟无言以对，只好无奈地耸耸肩，又示意汪海继续说下去。

汪海说："我发现，双鱼座的二子总是不自觉地要做个好人。"

一次，汪海和二子在路上闲逛，遇见一个乞丐。二子瞅了瞅汪海，问："你带钱了吗？"

汪海在口袋里探了探："一张五元的，一张十元的，你要哪张？"

"嗯，全给他！"二子指了一下趴在地上的乞丐。

汪海无奈又顺从地将不多的零花钱给了乞丐，那乞丐却连头也没抬一下。

"你下次再做'好人好事'的时候，能别拉我吗？"汪海一脸委屈地说。

"可是，好人不一定只做好事啊。"二子坏笑着说，又吸了一口手中的烟，笑嘻嘻地吐了一个烟圈儿。

汪海看着那些升起来的烟雾，又成了二子的"烟友"。他们之间又多了一些共处的机会，偶尔一起聊聊未来、理想。偶尔，二子会不自觉地挽起汪海的手臂，可马上就会甩开他的手，一路小跑着离开。

《东邪西毒》重映的时候，二子拽着汪海看了至少七遍。汪海以为自己可以告白了，不承想二子却警告他："汪海，你再乱说，我就不理你了！"

汪海心里的火苗一下子被二子浇灭了，送她回家的路上一直没有说话，以后再也不会一起上学了。二子却似乎并没生气，临进家门，还犹豫了一下，小心翼翼地问："生气了？"

汪海怔怔地看着二子的眼睛，二子却一点也没逃避，不仅直直地看着汪海，还踮起脚在汪海脸上亲了一下，转身就进了家门。

3

"那段时间，我真的是被她弄糊涂了。"汪海喝了一口咖啡，叹了口气。

"哈哈，确实麻烦。"姜凡微笑着答。

"你说，当时，她算是喜欢我吗？"汪海一脸认真地看着姜凡，又说，"如果她不喜欢我，为什么要亲我？"

如果二子不喜欢他，就不会亲他，可是，如果二子喜欢他，又为什么总在逃避呢？

姜凡心想："双鱼座的人，心里总是住着两个世界，一个是和大家生活在一起的现实世界，而另一个则是专属于自己的世界，他们经常沉浸在自己的世界里无法自拔，时而幻生、时而幻灭。二子就像一条鱼，在自己的世界里自由自在，为所欲为，令现实世界的汪海毫无头绪又无法放弃，彼此之间既亲密难舍又留着一定距离。"

那时候，班里的女生几乎人手一本"歌词录"。她们用歌词抒发自己的怀春不遇，幻想自己就是歌词里的女主角。二子更是如此，甚至连自己的情绪和身体状况也会受当时风靡的影视和音乐影响。

二子看了《灌篮高手》，就以为自己是赤木晴子，天天吵着要学篮球，要看流川枫；看了《武林外传》，二子又觉得自己是郭芙蓉，幻想着去浪迹天涯行侠仗义……看完《东邪西毒》，二子的"癔症"又发作了，在"歌词录"里写了一句经典台词："如果有一天我忍不住问你，你一定要骗我，就算你心里有多么不情愿，也不要告诉我，你最喜欢的人不是我。"还说一定要四处找一个像"欧阳锋"的人，告诉他那句台词。

从那以后，二子天天在学校里留意哪个男生像欧阳锋，终于，二子在食堂拽着汪海去偷看一个男生，问道："你看，那个男生像不像欧阳锋？"

汪海没在意，只随便看了一眼，冷冷地说："哪里像啊？他比张国荣差远啦，还没我帅呢，他有我的忧郁眼神吗？"

没几天，二子说："汪海，明天是二班大辉生日，他没叫你去啊？"

"叫了啊，怎么了？"汪海问。

"他也叫我了。"二子的嘴角浮出一丝诡异的坏笑。

"叫你怎么了？"王海依旧一头雾水。

"'欧阳锋'也去，哈哈哈！"原来二子早就设计了表白计划，还要大家配合，铁哥们儿汪海更是不能例外。

大辉莫名其妙就沦为跑龙套的寿星，一脸无语地吹了蜡烛。众人就开始依照计划，一个劲儿地给"欧阳锋"灌酒，没过一会儿，"欧阳锋"就醉了。二子趁着酒劲儿，磕磕巴巴地说："如果有一天，我忍不住问你……你……"

"你一定要骗我，就算你心里有多么不情愿，也不要告诉我，你最喜欢的人不是我"，汪海在心里默默补充道，"欧阳锋"却打断了二子的话，倒在地上不省人事。

汪海没想到，闹剧一般的表白竟然成功了，二子变成了"欧阳锋"的女朋友，也渐渐疏远了他。之后的日子稀松平常，汪海靠着学习走出了"失恋"的阴霾，二子和"欧阳锋"的故事也时不时地会传到汪海的耳朵里。

汪海以为，那就是结局了，没想到刚过了半年，二子又告诉汪海，她和"欧阳锋"分手了。

汪海疑惑地问："为什么？"

二子只是淡淡一笑："不知道怎么了，忽然就没感觉了。"

出奇的地平淡让汪海感到很意外，那时他才意识到，二子喜欢一个人很容易，沉迷一个人也很容易，可是她喜欢的，更多的是自己脑补的情节，而不是那个人。

二子像一条小鱼，依然在到处游动，到处寻觅，不变的是，每一次恋爱或失恋，她一定会回到汪海身边，丝毫没有顾及他的感受，似乎汪海就该随时倾听她的故事，为她抚慰伤口，似乎他为她做的一切都是天经地义、合情合理的。

高三即将结束的时候，汪海好不容易挤出时间和二子去看电影，二子却告诉他："汪海，我不会参加高考了，我爸要送我去国外读书。"

"哦。"

汪海已经习惯了她的忽然离开，只是刻意回避了她的目光，淡淡应了一声，二子却主动给了他一个拥抱，说了一句："等我回来！"

"好的。"

汪海从来没有释怀过，不知道等下去会不会得到结果，可还是充满期待。

4

"后来呢？"姜凡轻声问道。

"后来？"汪海无奈地笑笑，又说，"后来，我们的联系断断续续，她回了几次国，最后还是选择在美国发展。"

"那你没考虑过跟她一起去美国吗？"

"好几次，我买好了机票，还是被她阻止了，她好像没我以为的那样喜欢我。"

"可能是她不敢面对你，你要知道，双鱼座的人很害怕现实，所以经常选择逃避。"

"我不懂。"汪海推了推眼镜，说，"前段时间，她又回来一次。"

"是为了看你吗？"姜凡故意加重了"你"的音。

"你说得对，与其说看我，不如说她需要一个拥抱罢了，而我正好能给她。"汪海说，"那次，她又'没感觉'了，匆匆跑回来，扑进我的怀里哭，可我没什么能做的，只能帮她擦干眼泪。"

"你为什么不跟她表白？"姜凡问。

"我觉得没必要，也许是我不敢吧。晚上我们一起喝酒，又聊到很晚。第二天一早，她就走了，只留给我一个MP3。"汪海说着，从兜里掏出一个黑色的 MP3 递给姜凡。姜凡看了看，心想："应该已经用了好些年头了。"

MP3 里只有一首歌，是王力宏和彭羚的对唱情歌《让我取暖》。

看起来朋友很多 / 知心的没几个 / 而最关心的就是你 / 尤其在这些年后 / 分开得那么远，感情就更难说出口

回程的机票在手 / 也许明天就走 / 其实都可以更改的 / 只要你开口留我 / 只要一个理由 / 就能让我停留

…………

听起来，就像是二子的表白。

姜凡闭着眼睛听了好久，心想："友情以上，恋人未满，两人分开既是解脱，也是枷锁，尽管彼此承诺为对方取暖，却从来没有表达过爱意。"

"卑微。"汪海形容自己和二子的关系。

"笨蛋，当时你完全可以留住她啊。"姜凡说。

"可是我不知道她到底是怎么想的。"汪海回答。

"她自己也不知道自己怎么想的。"姜凡说，"她不敢确定你是

朋友还是恋人，你们之间界限太模糊，如果划清，她又害怕。"

"害怕什么？"汪海问。

姜凡笑了笑："鬼知道双鱼座女孩的脑子里到底在害怕什么，或许在她心里，互相了解的两个人注定只能成为知己，不能成为爱人。"

又是一阵沉默，汪海长长地叹了一口气，问："可以抽烟吗？"

姜凡往蛋糕房里看了看，宿正在专心致志地做蛋糕，没有注意到外面，就点点头默许。汪海感激地笑了笑，吸了一口烟，说："每次吸烟，就会记起当年和二子一起上学的时候。"

姜凡看着烟雾缭绕中汪海那张模糊的脸，淡淡地说："其实，第一次的时候，你就应该拒绝和她一起抽烟。"

"我也想过，如果当时我拒绝了，结果会怎么样？也许会从此不相往来吧。"

"那你现在就不会烦心了呀！"姜凡开起了玩笑。

"能被喜欢的人烦也是一件幸福的事啊！"汪海说，"你没听过那句话吗：不管曾经多么悲伤的事，总有一天，你会笑着回忆。"

"你倒是很看得开啊。"

"其实，我一直认为我和二子的故事还没有结束，所以要问你一个问题。"汪海认真起来。

"什么问题？"

"您可不可以从星盘上看一下，我们以后能不能在一起？"汪海恳求姜凡。

"哈哈哈哈，"姜凡忍不住大笑，说，"星盘又不是算命，如果随便相信星盘，那你倒不如相信自己。"

"什么意思？"汪海疑惑地问。

"法不外求，"姜凡说，"一切还是要从你的内心出发。"

"您说得对，可是……"汪海又犹豫了。

姜凡叹了一口气，像汪海的人不在少数，他们在生活中常会怀着作弊心理，希望能在人生考试开始之前，就拿到考题和答案，可是，那不仅是不公平的，也是不切实际的。

"或许，我们能用一种两个人都能接受的方法解决问题。"姜凡说。

"好呀好呀！快帮我想想办法！"汪海正了正身子，兴奋地说。

姜凡说："其实，双鱼座常常是迷茫的，就算她真的喜欢你，自己也是不知所措的。或许我们可以说，双鱼的界限感很模糊，他们常常不清楚自己到底要什么，就会觉得与其面对现实的种种喜怒哀乐，不如沉浸在自己的美好梦境里，梦里的眼泪和笑声或许更让她觉得真实。"

"所以呢？"

"所以，我们能从其中发现突破的方法。"

姜凡思考了一下，又说："她不是不知道自己到底想要什么吗，那我们干脆直接给她她需要的不就好了？"

"给她她需要的？"汪海又糊涂了。

"对啊！"姜凡接着说，"你爱她吗？"

"当然了！"汪海毫不犹豫地答道。

"那你表白过吗？"姜凡又问。

"很多次啊！"

"我是说真正意义上的表白，正式的表白。"姜凡严肃地说。

汪海陷入了沉思，好久没有回答。

"所以，她一直拿你当哥们儿了。她之所以害怕面对你们的感情，是因为你从来没给她一个真正的、有担当的承诺。"姜凡斩钉截铁地说。

"真正的、有担当的承诺？"汪海自言自语着。

"你们互相陪伴了那么久，也能互相理解，不仅是彼此的寄托，也对彼此的感情心照不宣，可是，心照不宣正是影响你们的最大诅咒。"

汪海眉头紧锁，说："好像确实如此。"

"其实，双鱼座的人也很现实的，只是她还有一个梦，梦和现实之间会产生激烈碰撞，而你是解决问题的关键。"

"一个承诺？"汪海问。

"你比我更知道她需要什么。"姜凡笑着看着汪海。

店门口的路灯亮了起来，汪海的背影逐渐远去，看样子，他已经做了决定。

5

后来的故事异常顺利。汪海回去之后，立刻收拾了行李，第二天就拿着二子的MP3飞去了美国。当他站到二子面前时，二子吓傻了，她不敢相信这是真的，汪海毫不犹豫地正式表白了。那一刻，二子在街上哭得稀里哗啦，她明白了自己到底渴望着什么。

姜凡在给汪海的祝福邮件里写道："如果说双鱼的梦是虚无缥缈的，不如说他们更相信现实，他们相信现实生活中并不总是一帆风顺，所以选择沉浸在自己构筑的美好幻想里。很多时候，逃避只是生活中的一剂止痛药，而暂时解除的危机或许会留下更大的隐患。"

双鱼座：悲观者情结

　　双鱼座的"模糊"意识令他们渴望世界大同，而现实的不可能让他们只能怀抱梦想，采取逃避、变动的方法应付无法改变的生活。他们的悲观者情结主要表现在他们很容易受人影响，也很容易依赖他人。

　　双鱼座认为成功属于那些幸运的人，而且异常恐惧失败，认为自己不值得成功。如果喜欢一个异性，双鱼座经常会因为害怕被拒绝而选择暗恋，同时，他们又会对其他异性产生美好的想象。

　　双鱼座渴求融合的心理常会令他们具有汲取感情或滥用感情的倾向，前者即他们会在信得过的家人、朋友面前不停倾吐自己的负面情绪，后者即他们更喜欢为了获得别人的同情而陷入苦难。

咫尺之遥

1

你有恐惧症吗？是害怕蜘蛛、蛇、过山车，还是不敢一个人待在封闭的空间或受不了黑暗？姜凡最害怕的是打电话，一拿起电话，就不知道说什么，甚至会紧张到忘记自己要说的事情，每逢迫不得已要通电话，他总会将要说明的重要事件记在纸上。Mirror 是出奇地怕鸡怕鸟，甚至怕一切有羽毛的东西——包括鸡毛掸子。据说，她在大学的时候，曾被一只从头顶飞过的鸟吓得扔了手里的书，蹲在地上不敢站起来，最后被三个室友架回了寝室，还躲在寝室里三天没敢出门。

Mirror 在店里的论坛说了自己的恐惧，竟然引起了很多网友的讨论。一些人从来不敢进电影院，一些人害怕坐公交车，一些人没法在别人的注视下进食、做事，还有一些人害怕剪刀、铅笔等。令姜凡暗自庆幸的是，论坛里也有一些人害怕打电话。

网名为"深海一只鲸"的新会员是一个恐高症患者，发言很活跃，Mirror 总是简称他"深鲸"，彼此熟悉了之后，开始管人家叫"神经"。"神经"说恐高症已经严重影响了自己的生活，Mirror 便私下邀请他到书店聊聊，一方面，她希望宿能帮"神经"解决恐高问题，另一方面，Mirror 也对恐高症很感兴趣，总想多了解一些。一开始，"神经"总推托自己工作太忙，没有时间，架不住 Mirror 的软磨硬泡，最后还是来了。

那是一个深夜，还在二楼看书的人寥寥无几，很多人已经趴在桌上睡着了。姜凡、宿和 Mirror 还在一楼喝茶聊天，等着预约了深夜咨询的"神经"的到来。正当几个人无聊发呆的时候，店门被推开了，"深海一只鲸"面带微笑地走了进来。

Mirror 看见他，一下子呆住了。她掐了掐自己的脸，确定自己不是在做梦，似乎不敢相信眼前的人是真实的，因为"深海一只鲸"竟是如日中天的导演胡润楠。一向冷静睿智的 Mirror 激动得颤抖，她没想到自己能遇到一线红人，还管人家叫了几个月的"神经"。

"您……您……是胡导？"Mirror 结结巴巴地问。

"怎么？跟电视上不一样吗？"胡润楠微微笑着，眼神里透露出一种说不出的深邃，又伸手抬了抬刻意压低的帽子。

"好像比电视上瘦一些……你好，我叫姜凡。"姜凡先做了自我介绍。姜凡知道，胡润楠是最近一批年轻导演里最受瞩目的人物，也是微博上粉丝过千万的"大V"、水瓶座，他的电影从来不走寻常路。

"我是店长，你就叫我宿吧。"宿礼貌地向胡润楠伸出手。

"哦哦！早听说过您。"胡润楠赶紧欠身和宿握了握手。

"他就是我之前跟你说的……专门负责客户心理咨询的，很厉害的。"Mirror终于缓过了神，可脸还是红红的。

"是，早就听Mirror说了您，今天到你们店里也是为了解决问题，就麻烦您了。"说完，胡润楠不好意思地笑了笑，没有传说的那么不可接近，反而很客气。

"哪里哪里，您过奖了。"宿谦虚地说。

几人坐下后，胡润楠不停地四处扫视，还盯着屋顶的阁楼看了一会儿，又说："书店不错，很有艺术氛围，适合拍文艺片和年代剧。"

胡润楠说话时，细长的手指总像在弹钢琴，眼睛又炯炯有神地直视对方，给人一种神经质的感觉。

"是我和一位朋友一起设计的，改天也给您介绍一下。"宿很开心地说。

"真的吗？我倒是很喜欢结识一下设计方面的朋友。"胡润楠说完，看了一眼 Mirror，"如果在店里拍戏，还可以请你们在镜头里晃一晃，她坐在镜头后面看书就很有感觉。"胡润楠用手比画着镜头，似乎在找角度。

"真……真的吗？"Mirror 简直不敢相信自己听到的话。

"哈哈，当然是真的，不过，还是要先解决一下我的问题，因为实在是困扰了我很久，导致我最近几个月完全无法工作。"胡润楠说完，用手挠了挠头。

"恐高症会影响你当导演吗？"姜凡纳闷地问。

"当然，虽然不会直接对工作产生影响，但是间接导致了我最近无法集中精神去创作。"

"间接？比如说……"

"失去最爱的人，算吗？"胡润楠回答。

"失去爱人……当然算。"姜凡还是不太明白他的意思。

宿已经从酒柜里取出了那瓶自己珍藏多年的红酒，做好了听故事的准备。胡润楠就一直盯着在自己手里摇晃着的酒杯，思索着什么。

宿说："那就从你第一次发现自己恐高的时候说起吧。"

"嗯，第一次发现自己恐高……是在我十八岁的时候，嗯，是去游乐场玩才发现的。"胡润楠说。

"跟谁？"宿问。

"嗯……王胜男。"

"王胜男？"

"嗯，我的……初恋女友，哈哈。"胡润楠不好意思地笑了笑。

"能详细一些吗？"宿轻声问。

"等等！你们会绝对保密的吧？"胡润楠担心地问。

"当然，我们可能会给一些咨询录音，但是你嘛……特殊情况，我们理解。"宿笑了笑。

胡润楠夸赞："专业。"

"年少的感情就像红酒，浓烈又难以言表，仅仅闻到酒香，就会让人醉成一摊烂泥。"胡润楠看着酒杯，形容自己的初恋。

胡润楠是画画出身，从小就很喜欢画画，可与周围的人不同，他总会画一些很怪异很扭曲的东西，现在想想，可以说很"毕加索"了。由于偏科严重，胡润楠决定走艺术生的道路，就参加了美术培训班，也是在那里认识了王胜男。

美术培训班设在城郊的一间地下室，一共二十几个学生，一般在晚上开课。通往教室的地下通道纵横交错，像极了防空地道，如果没在里面走过几十次，稍不留神就会迷路。新学生第一次上课的时候，老师通常会出门迎接。

胡润楠跟着一位姓赵的男老师一前一后地走着，逼仄的通道里堆满了周围住户的杂物，时好时坏的钨丝灯在头顶苟延残喘，只有脚下昏暗的黄色灯光仿佛在向人们证明，它还有可以继续利用的价值。百转千回之后，胡润楠进入了培训室，屋子里杂乱无章地堆放着颜料、画板和素描纸。素未谋面的学生齐刷刷地看着胡润楠，却无一人开口，简直是一场"冷漠"的欢迎。

胡润楠正为自己能不能融入杂乱的"窝"担心时，发现教室另一侧门外站着一个女生。那女生穿着一身中性化的衣服，留着板寸头，鼻尖上还有一颗黑色的痣，眼睛却很大，性感的嘴唇正叼着一支香烟，靠在门框边吞云吐雾。

赵老师也注意到了她，就指着那个女生，用独特的东北口音喊："王胜男！你又跟我嘚瑟四（是）不？趁我不在就抽烟，你四（是）不四（是）找削？"

那个女生吓得赶紧扔了烟头，悻悻地回到自己的位置。

"原来她的名字里也有一个'nan'"，胡润楠默默地记住了她，又发现王胜男经常趁老师不在的时候躲在门口抽烟。她经常仰起头叼着烟，眼睛微闭，猛吸一口，烟头的暗红色一下子就艳丽了起来，又吐出一串烟圈，那种怡然自得里透着青春期的叛逆。

胡润楠产生了强烈的好奇心，一放学就飞奔到培训班，又偷偷画了很多王胜男的画像，依然是稀奇古怪的风格，扭曲的五官和错位的身体，但鼻尖上永远留着一颗标志性的黑痣，那是专属于王胜男的记号。

孤傲和冷漠让王胜男在培训班没有什么聊得来的人，或许她也懒得和那些人产生什么交集，越是如此，胡润楠就越感兴趣，难以抑制自己要和她聊天、要讨好她的冲动。不知为什么，胡润楠觉得自己也很奇怪，越是好奇，就越要掩饰自己的意图，总会刻意跟王胜男保持距离，偶尔又会故意引起她的注意。

"欲擒故纵是水瓶座最擅长的手段。"姜凡心想。

每天晚上下课后，胡润楠总是故意留在最后，因为他知道王胜男会吸一支烟再回家，两个人就多了一支烟的共处时间。时间久了，两个人就慢慢熟悉了。

"你抽烟吗？"王胜男忽然问他。

"当然。"胡润楠没有理由拒绝。其实，那是他第一次抽烟，呛得连连咳嗽。

王胜男大笑："你居然没抽过烟？"

"谁说没抽过？"胡润楠竭力掩饰自己，反击了一句，"你小瞧人，我初中就抽过几次。"一眼看穿他的王胜男捂着肚子笑了起来。

胡润楠没想到，她笑起来很好看，不，应该说很迷人，因为那双大眼睛有一种特别的媚态。

两人开始结伴回家，偶尔还会一起去大排档吃夜宵，喝酒、聊天、听歌、吹牛成了那时的胡润楠最期待的事，他迷上了特别的王胜男，心里的小宇宙积蓄着一股能量，似乎随时可能爆发，可他一直抑制着，总在她面前装出一副无所谓的样子。直到有一天，胡润楠去了王胜男家，竟然在她的卧室发现了几张自己的画像，原来她也在偷偷画他，那些素描画旁边还写着"一个性感的混蛋"。

激动的胡润楠从包里拿出了一摞自己画的漫画，王胜男一看就气得追打他，喊道："混蛋，居然敢丑化你姑奶奶！"

胡润楠拿着画躲闪着、跑着，他们就那样在玩闹里开始了恋爱。

"然后呢？"宿问。

"我们考上了同一所学校的不同专业，她学了广告设计，我学了舞美设计，那时候我就觉得我们肯定不会在一起，没想到是因为那种原因……"胡润楠尴尬地笑了一下。

"哪种原因？"

"恐高啊。"

原来，王胜男喜欢他只是缘于一时的刺激，她没考虑过两人的未来，恋爱只为了好玩。

一次，胡润楠跟着王胜男和她的朋友一起去游乐场玩，那是胡润楠第一次去游乐场，之前又对恐高完全没有概念，直到他坐上了跳楼机的座位，噩梦之旅就开始了。

当他的双脚缓缓离开地面的时候，胡润楠的大脑被前所未有的恐惧占据了，觉得自己坐上了一架通往死亡的机器，而被安全带绑住的身体却无能为力。他想叫，可是跳楼机只上升了两米，他实在不好意思。随着机器升得越来越高，胡润楠的呼吸也越来越急促，心脏开始急速狂跳，他还是一直憋着，全身僵硬成了一块，甚至产生了一种解掉安全带跳下去一死了之的冲动。跳楼机越升越高，周围叽叽喳喳的笑声逐渐变成了沉默，一些女生开始小声地啜泣。终于，不知道哪个女生忍不住了，尖叫了一声，划破了胡润楠早就按捺不住的压抑。他也跟着一起大叫，一时间，脸上所有的肌肉似乎全部在向后集中，除了自己的声音，他什么也听不到了，几次感觉自己就要窒息、昏死过去。结束的时候，汗水和泪水一股脑儿地顺着胡润楠的脸颊流了下来。

回家的时候，王胜男失望地说："我从没见过像你一样胆小的男人，你让我在朋友那里丢尽了脸。"

胡润楠的大脑一片空白，不知道自己到底怎么了。后来，他又自己去了一次游乐场，决定挑战一下自己的勇气。可是站在跳楼机面前的时候，他发现自己连脚也迈不动了，僵硬的腿根本不受自己的控制，差一点就瘫倒在地上。

胡润楠和王胜男爱得猛烈，分得惨烈。游乐园事件之后，两个人的感情产生了裂痕。

"早期的爱情多是如此，无法拿捏的爱火燃得太快太猛，熄灭得也快，因为燃料有限，消失了就再也找不回来了。"姜凡心说。

一个晚上，在他们租住的三楼阳台，王胜男吐了一个烟圈，说："我们分手吧。"

"可以。"胡润楠也出奇地冷静，他早就做好了心理准备。

"分手前，我想替你做最后一件事。"王胜男说。

"什么事？"

"我要治好你的恐高症，你来阳台，三楼而已。"

胡润楠从来没踏进过阳台，尽管那只是三楼，他还是怕得要命，可那时他决定试一试，或许没有那么糟糕，也许分手的疼痛会覆盖住自己对高度的恐惧。于是，他一步步地向阳台走去，双腿又开始颤抖，豆大的汗珠肆无忌惮地滚了下来。胡润楠不敢看外面的风景，眼睛直盯着阳台的水泥地面。王胜男看着他一点点地向自己靠近，冷漠地伸出了一只手。

胡润楠终于站在了阳台上，他死死地攥着王胜男的手，就像落水者将所有的生的希望寄托在一根稻草上一般。

"然后呢？"宿问。

"然后，她把我推下去了。"胡润楠说。

"什么？"

"她把我推下去了。当时，我觉得自己已经死了。那种痛，到现在我还是忘不了。"胡润楠说着，捂住了自己的手腕，"她也跳下去了，阳台下面是很厚的草坪，我的手腕骨折，她却毫发无伤。"

"所以，你更怕高了？"

"是的。"胡润楠无奈地说。

很长时间里，胡润楠心里一直隐隐作痛，就像离开了海水的鱼一点一点死去的感觉，整天茶饭不思，脑海里全是被推下去的景象，每晚从噩梦里惊醒，枕头一遍又一遍地被汗水浸湿。他既思念王胜男又害怕她，不知道如果自己再找她，她还会做出什么出格的事。他知道，她的生活里只要刺激，从不思考结果。

胡润楠一度难受到要去死，可那些死法又让他害怕，而且，他总觉得为爱情自杀，似乎不是男人该做的。

"爱情也不会让人死亡，它只会在人们心里最疼的地方扎一针，令人欲哭无泪、辗转反侧、久病成医、百炼成钢。"胡润楠总结似的说。

2

那时，胡润楠没法专心生活，只能通过转移视线让自己冷静下来，突发奇想地决定毕业后到北京做一个导演。而他和第二个女友小雅，就是在一个电影策划会上认识的。

到北京后，胡润楠进了一家很小的影视公司，从场记做到统筹，又从统筹做到执行导演，参与了几个微电影的拍摄，了解了电影的制作流程后，就很希望能亲自执导一部网络电影。没想到，导演工作还没开始，一段新的感情却开始了。

那一天，胡润楠与几个知名的编剧、导演、制片人和投资人一起讨论他亲自编剧的一部科幻题材的电影。胡润楠脑洞大开，说得眉飞色舞，没有征服一个投资人，反倒征服了编剧小雅。他们从电影的人物、创意、台词聊到了雾霾、自媒体，又聊到北京的饭食，还一起去吃了饭，以至于胡润楠怀疑她做编剧只是为了和一个电影人恋爱。

小雅是个小编剧，她是那种单纯又温柔的女孩，心里充满了幻想。胡润楠几乎没怎么主动，小雅就顺理成章地成了他的女友。

胡润楠喝了一口酒，困惑地说："当时，我也不知道是怎么回事，面对感情，好像反应不是很灵敏，往往是后知后觉的那个人。"

"水瓶座就是如此。"姜凡露出一副"早就知道"的表情，惹得 Mirror 白了他一眼。

小雅和王胜男完全相反，乖得像一只温驯听话的小奶猫，也很温柔、贤惠，会给他做很好吃的菜，总会乖乖在家等他回来一起吃饭。

刚开始的时候，胡润楠觉得很幸福，就像无家可归的孩子突然得到了照顾，可是日子久了，胡润楠就腻了。小雅漂亮、贤惠，又那么爱他，他却觉得甜食吃多了很腻，又开始烦她了。

胡润楠发现，他最怕的就是密不可分的感情，小雅让他窒息，心里充满了逃离的渴望，小雅却希望两个人完全融合在一起，一时一刻也不要分开，还经常给胡润楠打电话、发微信"查岗"。

一天，胡润楠很晚回家，小雅为他准备了煲好的汤，还撒娇说："水瓶男孩最花心了，何况你现在这么受欢迎，我必须得看紧点！"

"无聊。"说完，胡润楠没心没肺地睡着了。

一觉醒来，小雅还可怜巴巴地在旁边哭，完全停不下来。

一个月后，胡润楠再也没法忍受小雅的电话和追问，更不愿忍受她没有缘由的抱怨和叹息。

一个初秋的夜晚，胡润楠悄悄走了，再也没有主动联系过小雅。

"我确实挺混蛋的，可我控制不了自己。我知道我很对不起小雅，可我心里也很矛盾，一直在挣扎，她给的爱看似甜蜜，可于我而言，更像毒药。我要的是平静如水的感情，也不敢面对她，只好逃走。"

"我懂你的苦衷，"Mirror说，"你确实在真心实意地经营每一段感情，没有背叛和欺骗，也用不着苦恼，只是缘分使然。"

姜凡说："是啊，感情的事没有谁对谁错，放过自己吧。"

"啊？"胡润楠一下子被姜凡和Mirror绕晕了。

"算了，你是属长颈鹿的，反应太慢。"姜凡摆摆手，往沙发上一靠，就"葛优瘫"了。

宿忙圆场："别理姜凡，他就那样。其实，你不必纠结自己的对错，只要问心无愧就好。朝一个错误的方向努力，那不是执着，而是执拗，只能导致更多的错误，不是吗？"

胡润楠若有所思地点了点头。

离开小雅不久，经朋友介绍，胡润楠与一直怀着电影梦的投资人李佳见了面，原是为了谈资金，却一发不可收地爱上了她。

李佳是一个高雅、漂亮又富贵的女人，她的优雅似乎是与生俱来的，那些看上去并不华贵的衣服、钻戒、手表和手包，无一不是价值不菲的定制品。李佳全身散发着自信女人的光芒和巴黎香水的味道，除了一点鱼尾纹，没有什么能透露出她的年龄。

第一次见面的时候，胡润楠看到咖啡馆的靠窗座位旁坐着一个风韵的女人，一眼认定那是李佳，而她正津津有味地翻着英文版的《孤独星球》，没有发现胡润楠。

"你好，是李佳吗？我是之前联系您的小胡。"胡润楠害羞地说，几乎没有气场可言。"你好。"李佳微笑着回应，轻轻合起了杂志，欠了一下身。

胡润楠回忆那一刻，说："我是一个偏冷的人，可她很得体、很自然，就像姐姐甚至妈妈一样，给我一种温暖的感觉。"

那时候，胡润楠很拘谨，面对眼前的女人，完全忘了自己编好的那套电影说辞。她却优雅地笑着说："电影就不用介绍了，你发的 PPT 我看过了。我只想见见到底是怎样一个新锐导演，要拍一部怎样惊世骇俗的影片。"

胡润楠不好意思地低下了头，却感觉到她在看他，以女人特有的方式，"庖丁解牛"一般地解读他。

服务员问胡润楠要点什么咖啡，而他一无所知，随口说了一句"卡布奇诺"。

李佳一眼看出了胡润楠的心思，一下子打开了话匣子，说起了自己在意大利、西班牙生活时泡在咖啡馆的时光，从不同种类的咖啡壶说到繁复的咖啡品牌，还邀请胡润楠："哪天你到姐家里，可以尝尝姐亲手研磨的咖啡。"

胡润楠很意外，李佳似乎也觉得自己唐突了，脸上浮现出一抹不好意思的绯红。

那天，他们在一家名叫"研磨时光"的咖啡店见面，而胡润楠知道，从那一刻起，他已经被她研磨了。李佳不缺时间，可以从容地喝咖啡、慢慢交谈，在聊天时顺手做生意，而他，忙得像只狗，可为了拉到资金，他只能陪她研磨每一分每一秒。

李佳很热情，又会享受生活；胡润楠则偏冷一些，可她似乎就是喜欢他的冷。

夏天到了，胡润楠陪李佳去天津玩。李佳放了一首曲子，为了显示自己修养还不错，胡润楠兴奋地问："姐，是《神秘园》吧？"

一说完，他就后悔了。李佳看他一眼，笑了笑，说："嗯，没错。神秘园（Secret Garden）乐队 1994 年成立，1995 年，他们就以一曲《夜曲》（*Nocturne*）夺得了当年欧洲电视歌唱大赛金奖，随之推出的《来自神秘园的歌》（*Song From A Secret Garden*）也获得了空前的成功。我很喜欢类似的优雅小夜曲。"

胡润楠听着李佳流利的英语，只能靠微笑和沉默掩饰心里的自卑。李佳曾在西方生活，骨子里透着藏不住的异国气息，很快又从音乐说到了音响……

胡润楠不知道李佳跟他说这么多是什么意思，也许她故意卖弄，又或许她只是很自然地说出了自己熟悉的高品质生活……他不得不一边自惭形秽，一边愤世嫉俗。

那天，他们在酒吧喝酒，她听他唱歌，还主动邀他一起跳舞，成熟而不失活力，媚态里又含几分矜持，一切似乎是自然而然、心照不宣地，他们在一起了。可胡润楠总觉得他们的爱情不会长久，毕竟李佳还有家庭，他也没彻底和小雅分手。

"李佳的关心和照顾是无微不至的，与其说是爱情，不如理解成关怀。小雅也爱我，也很温柔和顺，但她和李佳不同，她一直在依恋我，将自己托付给了我；李佳恰恰相反，在一起久了，我也慢慢适应了被李佳照顾的生活。"胡润楠若有所思地说，姜凡敏感地察觉到，变故要出现了，不由得坐直了身子。

胡润楠和李佳交往了不到两个月，许久不联系的小雅居然查出了李佳的姓名住址，还站在胡润楠和李佳住的宾馆对面的楼顶，在电话里用跳楼威胁胡润楠。胡润楠开了窗，看到崩溃的小雅，吓得不知所措。李佳很快明白了一切，催促胡润楠快去救人，自己则穿好衣服逃离了。

胡润楠跑到楼顶，小雅正站在围栏外面，还喊着："你终于来了，那我们一起跳下去！"

胡润楠走了几步，双腿直发抖，他连阳台也不敢靠近，别提天台了。他瘫软在地上，恳求道："小雅，别做傻事，你快过来，我恐高。"

小雅的身子朝大楼外摇晃了一下，脸上发出冷笑："不想我死？你就过来抱住我！"

胡润楠没法再往边缘走一步，在平台上爬行了几步，终于靠近了护栏，可他无法站起身，只能对小雅举着手，哭着恳求："小雅，回来。"

小雅又笑了："回来，你的心能回到我身上吗？"

胡润楠看到小雅闭上了眼睛，以为她真的要跳楼了，也吓得闭上了眼睛。可小雅并没有跳，只是用鄙夷的目光逼视着他，冷笑道：“你真不是个男人，为你跳楼，太不值了！”

小雅转身下楼了，而胡润楠只能瘫软在地上连连喘气。过了好一会儿，他回头去找李佳，发现李佳已在宾馆的观光电梯上看到了天台发生的一切。胡润楠很想追上她，可刚经历了天台一幕的他，连观光电梯也不能坐了，只好看着李佳离自己越来越远。

3

“从此以后，恐高越来越严重地影响了我的生活。”胡润楠说。

“怎么？”宿问。

“你敢相信吗，我现在连酒吧的玻璃地板也不敢走了，尽管我知道那只有二三十厘米，可一站到那儿，我就吓得腿软，过街天桥也成了我的梦魇。”

宿说：“从你的三段感情分析，无论是最开始和王胜男在游乐场发现自己恐高，还是到最后看着李佳坐着电梯离开，那些刺激可能不是最初的导火索。”

宿看了看姜凡，姜凡知道他要说什么，只是要从他眼里得到确定。

姜凡从胡润楠的星盘里看出了一点端倪，知道那也是宿要的答案，就点了点头。宿更坚定了自己的想法，继续说：“小时候，你一定经历过更恐惧的事，对吗？"

"嗯，确实如此，但我没想过那件事会关系到恐高症。"

"说说小时候的故事吧。"宿说。

胡润楠再次陷入了沉思，没过一会儿，就开口了："小时候，父亲破产，欠了一大笔债……"他深吸了一口气，顿了顿又说："一天晚上，我在阁楼上亲眼看到父亲上吊自杀。"

"可以了，"宿终于发现了突破口，就长舒了一口气，说，"弗洛伊德曾说过一句话，'在孩子身上打下的结，一辈子也解不开。'"

"那我现在该怎么办？"胡润楠仿佛也看到了自己的希望。

"恐高症属于恐惧症的一种，只要坚持治疗，是可以治愈的。你要记得四个原则：第一，长时间，即在别人陪同的时候，站在能够引起你的恐怖情绪的高处，至少持续 30 ~ 45 分钟，要记住，坚持足够的时间会令你的恐怖程度减少到 50%；第二，逐渐地，即不要一下子给自己定很高的目标，要从容易的目标开始，逐渐转向困难目标；第三，有规律，一次练习不足以消除你的恐惧心理，因此，每个过程需要重复好多次，直至恐惧感完全消失；第四，完全地，即锻炼时一定要集中精力，不要考虑别的事情，虽然转移注意力能减轻恐惧心理，但不利于彻底消除恐惧感。"

胡润楠点点头，宿又说："其实，多数恐惧症是心理过于敏感的原因，如果通过一些方法能控制敏感神经，就会比较容易告别恐惧。"

"那我怎么办？也是一样吗？" Mirror 终于回过神来了。

"方法是一样的，还是心理脱敏。"

"哦，知道了。" Mirror 点了点头。

"真是不虚此行，谢谢你，Mirror。如果不是因为你，我也许不会出现在店里。谢谢宿，不然我的心结可能没法向人诉说，更不可能解决。"

胡润楠正准备走的时候，宿不好意思地说："那……那个，能不能请您给我签一个名？我女儿是您的粉丝。"

"哈哈，没问题。"说着，胡润楠在宿拿的一本新书扉页签下了自己的大名。

"那……大家下次再见吧。"他向大家挥了挥手，又压低帽檐转身出门，钻进一辆等待多时的轿车离开了。

4

看着离去的汽车渐渐消失在深夜里，几个人呆立了好久。姜凡缓缓地说："他走了。"

"是啊，他走了。"宿看着胡润楠亲笔签名的自传，说。

"什么？走了？"Mirror 回过神来，忙问，"他人呢？"

"走了呀。"宿说。

"没留下什么吗？"

"留了啊，签名嘛。"姜凡说完，就从宿的手里抢了签名书。

"啊！我要！给我！"Mirror 说着就朝姜凡扑了过去。

姜凡知道 Mirror 一定会抢，一闪身就躲进了蛋糕房，可 Mirror 还是不顾一切地进去了，并反锁了门，喊道："老娘跟你拼了！给我！"

"啊！救命！"蛋糕房里传出姜凡痛苦的号叫。

平常安静温暖的店里从没像今晚一样热闹过，只有宿在外面黯然神伤："唉，那签名是给我女儿的啊！"

水瓶座：思考本能

　　水瓶座经常产生"众人皆醉我独醒"的孤独感，而且不愿意与人保持亲密。他们的前进方向很明确，却惯用不作为的方式处理人际关系和生活事物，喜欢运用具有"科学依据"的资料或很有哲理的思考方式应对外界刺激。

　　水瓶座既不愿意支配别人，也不愿意被人支配，可生活里的很多事情难免出现支配关系，比如爱情等，水瓶座往往会采用冷处理的方式解决。

　　水瓶座看似热爱群体活动，心理动机往往是要别人改变观念以符合水瓶座的需要，或希望自己的利他行为能改变别人的现况，进而令人赞同水瓶座的做法和观念。

影子情人

1

最近，深夜书店准备组织一场亲子派对，不过很多人不知道，其实那是老雷特意为楚楚准备的。

"老雷，你只为了见她而已，不用过于隆重吧？"宿问。

"宿，咱们是多年的朋友了，我试过那么多方法，可楚楚一直不肯跟我见面。我只想知道，那个孩子到底是不是我的，就请你帮我办吧。"

"可是……"宿犹豫起来。

"可是什么呀？"一旁的 Mirror 着急地说，"老板，这可是一次双赢的机会啊！"

"是啊！双赢！"姜凡也跟着附和，这是他为数不多地和

Mirror 站在统一战线。

"什么双赢？"宿问。

"您看，咱们组织活动，既帮了老雷，又宣传了书店，不是双赢吗？您最近不是正愁没好机会宣传吗？"

"对啊！ Mirror 说得太对了，我承担活动的所有费用！"老雷豪气地说。

"是三赢啊！连资金的问题也一起解决了！雷总威武！"姜凡一脸羡慕地看着老雷。

宿似乎还在担心什么，只是说："哦，那倒真的可以考虑考虑，可是……到时候，楚楚能不能来，就看你的造化了，老雷。"

"没事，宿，我早就做好心理准备了。"

老雷是一家 IT 公司的总裁，从不愁钱，唯一烦恼的就是楚楚。

楚楚是一个五岁孩子的单亲妈妈，在她还没有孩子之前，老雷跟她恋爱了一段时间，后来老雷就一直觉得那个孩子是自己的，可楚楚从不让老雷靠近孩子。老雷只好绞尽脑汁地设法让宿出面组织一场亲子活动，邀请楚楚参加，到时候见孩子就是水到渠成的事了。

"那就定了吧，"宿思索了一会儿，又说，"Mirror，既然你很积极，那你就负责活动的广告吧！"

"啊？我不过就是说个意见……"Mirror 小声说。

"Mirror，咱不能有情绪，既是工作，也是领导对你的信任啊！"姜凡一脸坏笑。

"对了！还有你，姜凡，你负责给 Mirror 打下手，策划方面你也得负责！"要不是姜凡插话，老雷差点忽略了一个重要的劳动力。

"啊？可是我……"

姜凡刚要说什么，就被 Mirror 打断了："可是什么？咱不能有情绪，自己的事先往后推一推，工作要紧！也是领导对你的信任啊！"Mirror 学着姜凡之前的语气说。

"唉，好吧，可是我还有一个问题。"姜凡慢慢说道。

"什么问题？你尽管问。"老雷说。

"楚楚是什么时候的生日？"

"1 月 16 号。"老雷脱口而出。

"1 月 16 号……摩羯座……唉，不太好办啊。"姜凡自言自语。

"怎么了？"老雷一听，心里凉了半截。

"摩羯座……太冷了，我怕你白努力一场。"姜凡说。

"算了！已经走到现在了，不管结果如何，只要活动办好了，就给大家奖励！"老雷忽然坚定了自己的信心。

一听到奖励，姜凡和 Mirror 一下子精神了，几乎异口同声地回答："保证完成任务！"

2

姜凡和 Mirror 商量：不管活动组织得怎么样，一定要请楚楚过来，而"外交活动"一般会交给精明能干的 Mirror，她也乐此不疲。两人以为通知一旦发出去，就会一呼百应，没想到响应活动的人寥寥无几。Mirror 在深夜书店的论坛里默默耕耘了几天，终于毅然决然地亲自登门邀约。

"锦绣湾 6 栋三单元 402"是当初老雷给楚楚买的房子，她依然住在那里。

门铃的另一端是一个老人的声音："谁呀？"

"请问，是陈楚楚的家吗？"Mirror 礼貌地问。

"您是？"对方的语气里充满了小心和谨慎。

"您好，我是小区居委会的小张，最近咱们小区旁边的深夜书店在策划亲子活动，邀请家长和孩子参加，所以我想问一下楚楚小姐有没有时间？"Mirror 早在出门之前就和姜凡商量好了，她要以"居委会小张"的身份自居。

"哦，等闺女回来我问问她吧，她一直在外面工作，好久没回来了。"听起来，那应该是楚楚的母亲。

"好的，如果楚楚不能来，您也可以和外孙参加。咱们小区很多业主喜欢亲子活动，店里会经常举办的。"

"嗯，好的，谢谢你。"

Mirror 去邀请客户，简直再合适不过了，她不但通知了楚楚家，还告诉了全小区的业主。据说，还有人去居委会问"哪儿找的那么能干的姑娘"，传到 Mirror 耳中。Mirror 赶紧跑到宿面前邀功，得意扬扬地吩咐姜凡给她捏腿捶背。

"可是，如果楚楚来不了的话……"老雷心里还是很不安。

"已经要谢谢 Mirror 了，你就不要纠结能不能见到楚楚了。"宿安慰他。

"哦，看我急的，差点忘了。Mirror，谢谢你。"老雷真诚地说。

"没事，也算是为咱们书店出了一份力嘛。"Mirror 笑着说。

"哎哟！你手轻点儿！"她忽然转头白了姜凡一眼。

3

周日下午，一起准备妥当，姜凡和 Mirror 就紧张地等着主人公出场。

可能是因为平常很忙，没有时间陪孩子，很多人就借着亲子活动的机会和孩子一起玩。只是苦了 Max，喜欢安静的它正被十几个孩子围攻，不时被拽尾巴、揪耳朵，还有小孩抢着要抱 Max。看着孩子们兴奋的表情，Mirror 似乎没有心疼 Max 的意思，还在一旁暗自窃喜，庆幸之前的努力没白费。

人们陆陆续续地进了书店，主角楚楚和她的孩子却一直没有露面。老雷急得坐立不安，几乎每过十秒就要往门外看一下。姜凡和宿也一直紧盯着进门的顾客，留意着楚楚和孩子的身影。

安静的店里第一次热闹起来，几个熟悉的人在聊天，孩子们在店里疯跑，平常习惯了安静的姜凡觉得吵闹了一些，心里又多了一点喜欢，心想："如果每隔段时间就能热闹一下，也很不错。"

正想着，一个女人进来了。她长发披肩，穿一身绿色的连衣裙，背着一个黄色的小挎包，手里牵着一个孩子。看起来个头不高，小小的身体里却仿佛藏着无穷的力量。

"楚楚！"老雷瞪大了眼睛，刚要站起来，被宿一把按住了。

宿小声地说："你要干什么？吓跑她吗？如果你现在出现，我敢保证，她转身就走，你别想再见到她了！"

老雷沉默不语，只是一个劲儿地搓手。

"您好，请问您是……"姜凡知道她就是楚楚，可还是要假装不认识她。

"陈楚楚，之前居委会说你们店里……"楚楚的话还没说完，手里牵着的小男孩就挣脱了她的手向 Max 跑去。

"嘿！戈鑫！回来！出门前不是跟你说了要听话吗？"

"您的孩子真活泼呀，"姜凡夸奖道，又指指 Mirror，"让她先带你们进去吧。"

"您……您就是楚楚小姐吧？您可真漂亮！"Mirror 的嘴也像是涂了蜜，不过确实也是真话，楚楚是那种难得一见的美人，完全看不出是一个五岁孩子的妈妈。

"谢谢。"楚楚回答。

"我是 Mirror，之前您母亲说您出差了，我还以为您不会来的，哈哈哈。"Mirror 丝毫没有掩饰自己的喜悦。

"哦，出差很顺利，正巧昨晚到家，妈妈跟我说了你们的活动，我就领儿子过来看看，毕竟平常没有太多时间陪他。"说完，她看了看正和 Max 玩得不亦乐乎的戈鑫。

"那您丈夫呢？"浑身是戏的 Mirror 又开始了她的表演。

"啊……那个……他，他最近工作忙，也很久没回家了，我俩是事业型的。"楚楚说完，下意识地将了将头发。

"哦，可是我们一会儿的一个活动需要爸爸和孩子一起完成。"

"那怎么办……"楚楚担心了。

"没事，一会儿再说，您先跟我进去坐吧。"Mirror 安慰她。

"大家少安毋躁，还有几位家长稍后就到，店里的书很多，可以随便看看。另外，店长特意准备了咖啡和点心，大家也可以先坐一坐，十分钟后，活动准时开始！"姜凡说。

几位家长领着孩子在少儿图书区转悠，很多人则懒得陪孩子，干脆将孩子拜托给 Mirror，自己在一楼新开辟的一块休闲区品尝咖啡和点心。

宿正和几个家长在休闲区聊刚煮的咖啡。

"咖啡真不错。"一个客人说。

"是吗？是曼特宁，可是我们店里主打的咖啡啊，看样子您对咖啡了解很多？"

"嗯，很感兴趣，但不是很了解。"

"改天您单独来，我们可以稍微交流一下。"

"曼特宁咖啡、香、苦、醇厚，浓郁中还有一丝酸味，适合单品饮用，又叫精品咖啡，也就是用咖啡豆当场打磨，手工冲泡，看样子老板真的很用心啊。"楚楚一边笑着说话，一边和戈鑫走到休闲区。旁边的几个人听到楚楚的一番介绍，不禁端起杯子品尝了几口。

"没想到咱们小区还有如此了解咖啡的人。"宿没想到，楚楚不仅外表漂亮，还很有见地。

"倒不是了解咖啡，就是平常出差时会随便看一点书，恰巧看到了关于咖啡的。"

"最近在看……"

"《论现代兴奋剂》，巴尔扎克的，写了酒、糖、茶、咖啡和烟草对人类的影响，而且巴尔扎克很喜欢咖啡，在咖啡方面的见解很独到，我也就小小地了解了一下。"楚楚谦虚地说。

"您真是一个享受生活的女士啊。"

"那倒没有，我很喜欢那本书里的一句话，'人的精力若愈有余暇，就愈容易被自己的思想迁就，进而追求过度的快感'。我没有余暇，也就没有时间享受生活，只是简单地赚钱让孩子好好长大。"说着，楚楚摸了摸戈鑫的头发。

姜凡看到楚楚聊咖啡的时候，丝毫没有落到下风，给了他很多惊喜却又如此谦卑，心想："楚楚果然是一个典型的摩羯座，沉稳务实，不说空话……可是，楚楚看起来谈笑风生，但作为一个单亲母亲，她所付出的艰辛也是常人难以想象的吧。"

宿也惊讶不已，难怪老雷要坚持办活动，楚楚确实很不一样。

正说着，Mirror 领着一群熊孩子过来了，她举起一个大喇叭喊道："所有人集合一下，咱们的活动马上就要开始啦！"

"喵——"，Max 终于可以得到一丝清静，趁着孩子们没注意，一溜烟跑出了书店，和小伙伴玩去了。

"真的全靠 Mirror 了。"姜凡擦了一头的汗，跟宿说。以前，他一直以为 Mirror 除了看书就会吃零食，没想到她还有很多隐藏技能，不但冒充居委会请了小区的人，还能哄好一群熊孩子，又能主持节目，简直让他大开眼界。

老雷一直坐在角落里偷偷观察着楚楚，又惦记着自己一会儿要表演节目，紧张得差点揉碎了手里攥着的稿子。

活动之前，很多人居然不知道自家附近还有一家书店，Mirror 就向所有人说明了店里的业务。

宿又邀请人们一起读了东野圭吾的《解忧杂货店》，希望能借此推广深夜书店的文化。"那么，我们就进入第三个环节，"姜凡在台上串场，用余光瞟了一眼台下坐着的、毫不知情的楚楚，"请深夜书店的资深会员雷先生为我们朗诵一首《致橡树》，鼓掌欢迎。"话音刚落，台下掌声一片，老雷正了正西装就上了台。楚楚眼里闪过一丝震惊，一直盯着老雷，好像在问"怎么是你"。老雷也看着她，似乎在安抚她："别惊讶，就是我，我不会伤害你的。"楚楚呆呆地看着台上，之前还在鼓掌的手停在空中很久没有落下。

"大家好，我是深夜书店的忠实粉丝，很荣幸受到店长宿的邀请，和大家分享我的朗诵。深夜书店是一家很不错的书店，除了能读到自己喜欢的书，我还在此解决过很多烦恼。今天，除了参加活动，我还要麻烦宿帮我完成一个心愿。

我如果爱你／绝不像攀缘的凌霄花／借你的高枝炫耀自己

我如果爱你／绝不学痴情的鸟儿／为绿荫重复单调的歌曲

也不止像泉源／常年送来清凉的慰藉

也不止像险峰／增加你的高度／衬托你的威仪

…………

老雷声音浑厚而又充满磁性，很多人被他迷住了，坐在一旁的戈鑫也在周围气氛影响下鼓起了掌。他不知道眼前的那个男人意味着什么，或许只是单纯地觉得好玩吧，又或许是他和老雷之间存在一种天然的默契和吸引。而楚楚依然面无表情，可前几秒，姜凡发现她偷偷擦了一下眼角。

Mirror 端了宿刚刚烘焙好的点心给大家品尝，现场气氛一片和谐，老雷已经悄悄走到了楚楚身边。

"你怎么会在？"还没等老雷开口，楚楚就问道。

估计两个人早已心知肚明了，老雷只是简单说道："我是会员啊……最近好吗？"

"嗯，还行。"楚楚避开了老雷的眼神。

"你瘦了。"老雷看着楚楚，心疼地说，可楚楚没有回答。

"我好想你，听说你刚出差回来，最近忙吗？身体怎么样？"

"雷，你别说了，还有什么用吗？我不知道该怎么回答你，只希望你最好不要再出现了好吗？当我求求你了好吗？"楚楚憋了半天，忍不住说道。

"我也不想的，楚楚，可是离开你之后，我的心里没有一天舒服过，真的，我不能看不见你，除非我现在立刻死掉，也好过活着却永远见不到你！真的！"

"那您和您的夫人呢？还有你们那个在美国的女儿。"

"离婚了，你知道的，她执意领着孩子去美国后，我们就没有感情了。她没有立刻和我离婚，无非是要多分一些财产，后来我给她了啊。"

"雷，你真的没必要解释，你没有亏欠我任何东西，反而是我欠了你好多，真的，我还不起。"楚楚激动地说。

"我没让你还，楚楚，我只希望你能给我一个机会。"

楚楚没说话。

Mirror 站在台上，说："下面我们将进行今天的最后一个活动，需要家长和孩子一起完成哦。"

最后一个活动需要孩子骑在家长脖子上寻找指定的图书，当然，是老雷偷偷设计好的。楚楚准备和戈鑫一起参加，可她一站起来就蒙了，别的孩子都是骑在爸爸脖子上的，唯独戈鑫拽着矮小的楚楚，她不知道该怎么办。

"我来吧。"老雷看着楚楚，又重复了一遍，"我来吧，给我一个机会，就一次。"

"可是你……"还没等楚楚说完，老雷就抱起了戈鑫。

在一群年轻小伙面前，已经四十多岁又有腰椎间盘突出的老雷顶着戈鑫，简直没有任何竞争力可言。可是老雷一直咬牙坚持着，令人欣慰的是，戈鑫也没有一点害怕，一直开心地指挥着老雷。终于，戈鑫拿到了属于他们的书，开心地举着书问 Mirror 要奖品。老雷则扶着腰慢慢躺在了沙发上，看得出几乎是筋疲力尽了。

活动结束了，很多人还没尽兴，留在店里品尝着咖啡，享受着难得的周末时光。戈鑫和一众孩子闹着要和 Max 玩，而 Max 早就溜之大吉了，可苦了 Mirror，不得不咬牙坚持着陪他们玩。

"你的腰……还好吧？"楚楚看着躺在沙发上的老雷。

"没事，老毛病了。"老雷看见楚楚，立刻活了过来，"楚楚，我们能聊聊吗？"

看着老雷的可怜样儿，谁也没法再冷漠下去，楚楚只好答应："好吧。"

两个人在安静的地方坐了下来，楚楚看了看正跟 Mirror 玩得兴奋的戈鑫。

那是分别五年后两人第一次坐在一起。

4

楚楚曾在老雷的公司做市场总监，她不仅气质优雅，还博学多才，工作能力更是不凡。很多公司开出了诱人的条件要挖走她，或许是因为摩羯座的缘故，楚楚不是很喜欢变动，而且当时的待遇也不错，就留下来了。

那时，楚楚也能感觉到老雷喜欢她，可是两个人差了十几岁，又是上下级的关系，她就总是躲着老雷。看到楚楚的反应，老雷也只好保持了应有的礼貌和关怀。可是，平衡并没有维持多久，一次突如其来的意外改变了两个人的关系。

楚楚的母亲得了癌症，急需四十多万元的手术费用。楚楚的安稳生活一下子被打破了，可她在公司里没有表现出来，依然勤勤恳恳地工作，同事们也完全没有发现楚楚的不同。其实，她几乎要急疯了，尽管那笔费用也不是没办法解决，可一下子就要拿出那么多钱也确实不容易。

楚楚一边拿出了自己的积蓄，一边向朋友借钱，还向一家小额贷款公司做了无抵押贷款。谁知那家公司的经理和老雷认识，楚楚的境况很快就传到了老雷的耳朵里。老雷二话没说，当天就往楚楚的卡里转了三十万元。楚楚很是感激，可除了感谢老雷并承诺一定尽快还钱以外，也没有别的话可说。

老雷知道那是一个机会，不但主动借钱，还给她放了长假，让她多陪陪母亲，这正中楚楚下怀。更难以置信的是，老雷还去医院看望了楚楚母亲好几次，楚楚的家人就开始有意无意地在楚楚面前说老雷的好，一时让楚楚难以招架。

每一次老雷去医院，说是看望老人，更多的是看楚楚，总担心陪护的楚楚身体吃不消，就一直明里暗里地给楚楚补充营养。两个人没承诺过什么，可在外人看来，已经像是一对相亲相爱的小夫妻了。

一天，老雷做了楚楚平常最喜欢吃的排骨，一边给楚楚倒水，一边小心翼翼地说："楚楚，多吃点儿，伯母刚做完手术，你千万别累倒了，听说你最近在吃医院食堂的饭，那怎么行呢？我在家刚做的，不知道合不合你的胃口，如果不喜欢，下次我给你做些别的。"

楚楚已经递进嘴里的筷子忽然停住不动了，除了爸爸妈妈，没人那么用心地为她做过饭了。

没过几天，楚楚的妈妈彻底苏醒了，而老雷和楚楚的爱情也开始了。

楚楚开始规划和老雷在一起的生活，从窗帘、家具到老雷的衣服、晚上的饭菜，事事、处处安排得极其妥帖。很快，他们买了房子，尽管是分期付款，但总算是一个家。交过首付后，楚楚就开始准备装修的事情，又悄悄试穿了婚纱，一切美好得就像一场梦。可是，半年后，一个电话像惊雷一般击碎了楚楚的美梦。

那天晚上，老雷正在洗澡，电话忽然响了，楚楚随手接起来，就听一个小女孩开口喊"爹地，爹地"。楚楚觉得奇怪，忙问："小姑娘，谁是你爹地呀？是不是打错了？"

小姑娘不仅说出了老雷的名字，还反问："你是谁呀？怎么接我爸爸的电话？"

楚楚脑袋里"嗡"的一声，一时间头晕目眩。女孩一直用英语催着"爸爸"接电话，楚楚只好尽力克制自己，调整呼吸，温和地说："我是你爸爸的同事，他在洗……洗车呢，你稍等。你叫什么名字？多大了？在哪儿读书呀？"

老雷洗完澡，一边擦头发一边笑着问"谁的电话"，意识到楚楚脸色铁青又在说英语之后，似乎瞬间明白了什么，只好强装笑脸看着楚楚。楚楚将电话递给老雷就进了房间，还反锁了门，只听老雷说了一句话，就挂了电话，焦急地敲门。

"楚楚，开门啊，我的衣服在房间里。"没有听到楚楚的回答，老雷慌忙解释，"楚楚，你怎么了？人家打错了，美国孩子就是顽皮。"

"你就是一条披着人皮的狼，还要衣服干什么？"楚楚没有开门，歇斯底里地喊着。

他继续敲门，恳求道："楚楚，你听我解释。我承认，我确实还有一个在美国读书的女儿，可是，我跟老婆已经分居几年了。我不是故意要骗你，只是希望离婚后再告诉你。楚楚，我爱你，真的很爱你，我不能没有你！求求你，开门吧！"

"披上你的人皮，快滚吧，我永远也不要看见你！"楚楚将老雷的衣服扔到客厅，又反锁了卧室的门。

老雷从没见过暴怒的楚楚，恳求了几句，只好悻悻地离开。

平时，楚楚很温和，即使在工作里发生矛盾或争执，她也信奉"响鼓不用重锤"的道理。她没想到，电视剧的狗血剧情竟然在自己的人生里发生了，她那么信任老雷，全身心地爱他，甚至计划着和他结婚，而他居然是已经结婚生子的人。楚楚不敢相信自己成了别人的"小三"，她最不能容忍别人的欺骗和背叛，可自己居然一直在和一个背叛家庭的人交往。她恨透了老雷，更没想到给自己温暖的人竟然从头到尾是一个骗子！

那晚，楚楚哭了一夜，她决心和老雷一刀两断。

5

楚楚怀孕了，看到医院给出的报告单，她几乎崩溃了。那个孩子，就像上天给她的惩罚一般，不断牵动着她脆弱的神经。

楚楚没有办法伤害一个还未出世的生命，可她无依无靠，孩子出生以后，连户口问题也解决不了。

楚楚几次准备联系老雷，可又忍住了。她不知道能跟老雷说什么，是以自己怀孕为借口威胁他跟老婆离婚，还是要一笔不菲的精神损失费？她做不到。楚楚不是一个软弱的女人，而且，她知道自己还爱着老雷，就在她处在崩溃边缘的时候，一个深夜响起的电话，彻底将她推下了深渊。

那个电话是从洛杉矶打来的，对方一开口就说自己是老雷的老婆。楚楚心里一紧，她不愿听到半句羞辱自己的话语，准备挂机，没想到那人却很平静，甚至客气地问："是楚楚小姐吗？谢谢你对老雷的照顾。我要回国了，我和老雷之间有二十多年的感情，你是聪明人，应该知道我是不会放弃的。"

"我真的不知道老雷结婚了，我也是受害者，而且我已经和他分手了。嫂子，你跟他好好过吧，祝你们永远幸福。"楚楚还故意在最后一句加了"嫂子"两个字，那一刻，她决定自己解决孩子的问题。

楚楚和最好的朋友戈阳制造了一场假结婚，为孩子的出生准备了一个名正言顺的理由，也给了自己一个摆脱老雷的理由。戈阳是个能为朋友两肋插刀的男人，可楚楚实在不忍心拖累他，孩子出生后，她就和戈阳办理了离婚，开始了单亲妈妈的生活。

6

"摩羯就是如此，他们靠自制力和行动力实现自己的价值，而天生的负面能量便是孤独，宁肯自己承受一切，也不愿与别人分担艰辛。"姜凡边听边想。

其实，老雷早就认定那个孩子是自己的了，策划亲子活动，就是为了拿到戈鑫的一根头发，用证明和行动再次让楚楚接纳自己。

"楚楚，当初我没有告诉你实情，真的是没办法说，因为我和前妻之间的事情实在是太复杂了。"老雷解释。

"雷，其实你没必要跟我解释，那时候也是我一厢情愿，怪我自己太容易相信别人。"

"你还是不愿意原谅我，我知道你不容易，那是我造成的。如果没有我，你的生活一定不是现在的样子。"

"那你还要干什么？你伤我一次还不够吗？我和戈鑫的生活刚刚步入正轨，一切刚开始往好的方向发展，为什么你又出现了？"楚楚越说越激动。

"楚楚，我放不下你，我喜欢你，我真的没办法看到自己喜欢的人受苦，而且所有的困难还是我造成的。"

"老雷，孩子跟你没关系，他是我和我前夫的孩子。"

"可是你们已经离婚了，你现在是自己带孩子。"

"那又如何？老雷，你四十多岁了，还妄想着什么吗？"

老雷沉默了，他是不敢妄想什么了，就算楚楚一个人抚养着孩子，身后的追求者依然不少。老雷留给他们的只有伤害，又怎么好意思恳求楚楚再给他一次机会呢？

老雷说："我知道我现在没什么好奢求的了，可是，我只是想跟你解释一下，当初我真的没有骗你。那时，我和妻子没什么感情了，而且已经协议离婚，可是……她知道我们的事情之后，为了能拿到更多的钱，一直拖着不肯离婚……真的，如果我说了半点假话，就天打雷劈。"老雷说着就举起自己的手，被楚楚拦住了。

"深夜书店……"老雷又将宿拽了过来，看着楚楚说，"不信的话，你可以问宿。当时，我答应宿，用离婚后的一部分财产建起书店。后来，我前妻拿走了很多钱，宿只好自己拿了一部分钱经营书店。在咱们家楼下建一家你喜欢的书店，是我早就跟你承诺过的，你记得吗？"

"这……这是真的吗？"楚楚不敢相信地问。

"现在，公司的资金运转正常了。如果你喜欢，我可以和宿商量，咱们买下书店，你做老板娘好吗？不要再过那种每天出差的生活了。"老雷越说越激动。一旁的宿听到老雷要将书店送给楚楚，吓得一个劲儿地给老雷使眼色。

"老雷，我相信你说的话，可是，你给的条件我真的无法接受。如果我是个爱钱的女人，一开始就不会离开你，也不会过现在的生活，你知道我一直努力是为了什么吗？"

"什么？"

"为了再也不用见到你，为了不再需要你的庇护。我害怕了，害怕我依靠的大树忽然就成了别人的，更害怕我喜欢的男人忽然不喜欢我了，我再也不敢将自己的生活托付给别人了，我的心早就死了。"楚楚失望地说。

宿看了看呆呆的老雷，说："其实，我不应该插手你们两个人的事情，可老雷是我多年的好友，深夜书店的理念也是要帮助周围的人，既然今天你们坐在了店里，我以店长的身份给你们一些建议，好吗？"

楚楚看了看宿，默默地点了点头。

"楚楚，我不以老雷朋友的身份跟你对话。你从自己的角度出发，考虑一下，从开始到现在，于你而言，老雷是一个负心的人吗？"

楚楚摇了摇头，宿又说："在你心里的老雷，是一个好人还是坏人？"

楚楚低下了头，很久没有说话。

"其实，你在心里确定了一个答案，就是不敢面对，因为你怕再次受伤。可我相信善良的人终会有好报，你觉得呢？"

"你说得对，我一直知道答案，但是今天发生了太多，我一时无法接受。"

"那你再回家考虑考虑，不管遇到什么问题，都可以随时联系老雷。如果你不愿再见到他，可以和孩子到店里，我和Mirror就在楼下等你。"宿平静地说。

"可是……"听到宿让楚楚走，老雷急得要阻止，又被宿按住了。

"也好。"楚楚起身整理了一下衣服，又说，"店长，谢谢你。"

楚楚回头看了看坐立不安的老雷，说："雷，你不用担心，我已经原谅你了，我自己的生活，我会选择，现在请给我一些时间原谅自己，好吗？"

老雷看着楚楚，还是没有忍住眼泪。他既觉得自己已经释怀了，又觉得对不起楚楚，只能语无伦次地说："楚楚，我只是不愿你再那么累，受那么多苦，要不……你，你就要了书店吧。"

"不，虽然我很喜欢深夜书店，可我再也不能无缘无故要你的东西了，而且我想，谁也不能比现在的店长做得更好了。"楚楚看了看宿，拒绝了老雷。

看着楚楚远去的背影，老雷很久没有说话。姜凡走过来，轻轻拍了拍老雷的肩膀，安慰道："其实，我感觉你们还是有机会的。"

"真的吗？"

"是啊，她一定还是爱你的。"Mirror 补充道。

"我也觉得等她冷静下来，会再回来的。"宿也笑着说。

"而且，你现在还有了它！"Mirror 一边说，一边拿出了一根头发，那是刚才陪戈鑫玩的时候拿到的。

老雷如获至宝地感激 Mirror ："哎呀！你可真是帮了我的大忙了。"老雷拿着那根头发兴奋地离开时，还一再嘱咐宿要记得给 Mirror 加工资。

"所以……合着我白忙活了两天呗？"看着老雷远去的背影，姜凡无奈地感叹道。

"哈哈，没事，只要我还有一口汤喝，就饿不着你。"Mirror 高兴地给姜凡抛了个媚眼。

"不过，楚楚可真厉害啊。"姜凡说。

"确实啊，我没见过像她那么努力又倔强的女人，而且还那么优秀，刚才她说咖啡的时候，真的是惊到我了。"

"那就是摩羯座的生活方式啊！"姜凡说，"他们特别清楚自己要什么样的生活，而且一旦确立了目标，谁也阻止不了他们，因为他们喜欢成为掌握局势的那个人。"

"也就是说，老雷的出现打乱了她的计划？"Mirror 问。

姜凡点点头，说道："当然了，'一而再，再而三'地让摩羯脱离自己设定好的轨道可不是一件好事，不知道楚楚还能不能鼓起勇气再信任老雷了。或许正是因为那个人是老雷，楚楚才会忍不住义无反顾吧。"

"楚楚的冷漠正好反映了她心里的担心和害怕，或许老雷今天的所作所为能解开她心里的一些担忧。"宿说。

听了宿的话，姜凡心想："摩羯座总是如此，他们的努力源于心里对现实的担忧和不满足，他们从不喜欢妥协，也讨厌困难和麻烦，可一旦困难来临，他们能拿出比别的星座更勇敢的决心。"

摩羯座：心理补偿剂

摩羯座的心理很敏感，只是经常会被理性所压制，矛盾之下，他们更容易产生疑心病，甚至渴望脱离责任、压力的影响。实际上，摩羯座的很多理性与刻板是从自卑情绪衍生的心理补偿。

摩羯座心里总觉得"我不如他人"，而且会将那份"不如"归结于先天不足等不易改变的原因。于是，在心理补偿下，很多摩羯座会更愿意以自己更能够控制的事业、金钱等得到别人的肯定。

不可否认，心理补偿可以衍生出责任感，但也可以衍生出贪婪。一些摩羯座已经家财万贯，依然会产生不断争取和证明"我比别人强"的心理，压力也就随之而来。

凤凰涅槃

1

很长一段时间里，Mirror 沉迷于研究"忒修斯之船"之类的悖论，进入书店的人会被她缠住"开讨论会"，无一幸免。没几天，从店里出去的人开始变得神神道道，要不是姜凡阻拦，一个常年给 Mirror 送快递的小哥听了她的言论和畅想，差点辞了工作。

姜凡一直对 Mirror 的癫狂保持着嗤之以鼻的态度，还告诫她："时间那么多，还是尽量在论坛里多约一些客户，不要用无聊的问题害人害己。"

没多久，姜凡就后悔了。Mirror 果然照他说的做了，可她只是约了一堆志趣相投的客户一起讨论"忒休斯之船"。自那时起，姜凡在店里的地位逐渐降到了历史最低点，似乎不说几个悖论，就和众人失去了共同语言。无奈之下，姜凡只好决定暂时出去避一避风头，尽量不在店里出现，没想到那正是噩梦的开始。

那天晚上，姜凡好不容易买了一堆食材，准备在家享受一个人的清静时光，电话却适时地响了，Mirror 说一个客户要买英文版的《忒休斯之船》，麻烦姜凡去城南的一个供应商那里取一本。

一个人的晚餐计划，还没开始就泡汤了。姜凡一边下楼，一边气鼓鼓地埋怨 Mirror。姜凡天真地以为取完书就可以回家了，没想到恰逢晚高峰，堵车堵得姜凡愣是在高架桥上刷了两个小时的朋友圈。一想到自己只能在店里啃面包，姜凡就气不打一处来。

临近九点，姜凡终于活着下了桥，准备甩给 Mirror 两本《忒休斯之船》，再和她算账。不用说，除了客户那本，他还给 Mirror 留了一本，两人平时吵架归吵架，还是惦记着彼此的。没想到刚进书店，就看见 Mirror 和一个外国帅哥聊得火热。

"嘿！你的书。"姜凡没好气地说。

"哦，太好了，感谢你，谢谢！"那人说着一口流利的中国话，开心地翻起了书。

"你是外国人还是中国人？"姜凡问。

"我算半个中国人吧，因为我妈妈是中国人。"

"中国人你不看中国书？看什么英文版的！"姜凡没好气地质

问道，那人低头看着书，没有回答。

"Cliff，他叫姜凡，是我们店里的员工，之前你在网上看的那些文章是他发的。"

Mirror 又指了指 Cliff，说："姜凡，他是 Cliff，从英国来的，要拿着《忒休斯之船》去找他女朋友。"

姜凡上下打量了一下 Cliff，继续没好气地说："他要找他的女朋友就去呀，来店里撩什么妹。"

"他的女朋友跟他分手了，他是从英国追过来的啊。"

"分手了？从英国追过来？"姜凡忽然记起，前不久，一个刚从英国回国的女生曾在书店待过一段时间，就是那段时间，她让 Mirror 迷上了"忒休斯悖论"。那个女生是天蝎座，姜凡一度怀疑天蝎座是不是喜欢讨论各种令人费解的东西。好不容易，她走了，她的男朋友又来了。

"Phoenix？"姜凡问。

"对！就是她！"Cliff 兴奋地说。

"大兔子病了，二兔子瞧，三兔子买药，四兔子熬，五兔子死了，六兔子抬，七兔子挖坑，八兔子埋，九兔子坐在地上哭起来，十兔子问它为什么哭？九兔子说：'五兔子一去不回来！'"

"对！那是她最喜欢的鹅妈妈童谣，你怎么知道？"

"咦，是鹅妈妈恐怖童谣吧？"姜凡一脸嫌弃地晃晃脑袋，说，"那时候，她经常在店里嘀咕童谣，吓得小张家的孩子哭了好几回。"

"你不是也被吓得一个星期没敢回家睡觉吗？还说别人。"Mirror白了姜凡一眼，补了一句，"半个月之前，她就离开了。"

"那你们知道Phoenix现在在哪儿吗？"Cliff着急地问。

姜凡思考了一会儿，说："嗯……也许……应该知道吧。她走之前跟我们说'如果一个男的找她，就让那个男的结了她在店里消费的钱，如果那个男的没来，就让我去找她结账'。"

"去哪儿找她？"

"先结账。"姜凡看着Cliff说。

"多少钱？"Cliff说着就掏出了钱包。

"嗯，Phoenix在店里吃、住、玩，怎么说也一个星期了吧，一万块！"

"一万块？怎么那么多？"

"还包括小张家孩子的精神损失费啊，她天天说那些恐怖童谣，吓得小孩哭了好几次。"姜凡心想，当然，还有我的精神损失费。

Cliff不好意思地说："那请你替我向那个孩子道歉……其实，

Phoenix 之所以那样，跟她小时候的经历关联比较大，她经历过两次 NDE。"

"NDE 是什么？"姜凡问。

"Near Death Experiences 的英文缩写。"Cliff 认真地说。

原来，Phoenix 经历了两次濒死感受，难怪她看起来神神道道的。

小时候，Phoenix 的爸爸领着她去小河边玩。一不小心，Phoenix 陷进了河里，被爸爸拉上来的时候，几乎没有了呼吸，经过医院急救，算是救回了一条命。

十二岁时，Phoenix 到乡下的外婆家玩。一个人在山坡上的茅草屋里玩火，差点烧了屋子，被救出去的时候，又是奄奄一息，在鬼门关下抢回了一命。

此后，她就开始变得沉默了，在别人眼里，甚至很奇怪，总说一些别人听不懂的话，比如恐怖童谣和各种奇怪的悖论。

她给 Cliff 说过自己"死后"的感觉，就像灵魂飘出了躯壳，看见一些医生在抢救自己，又很快进了一个黑暗隧道，在隧道里飞快地穿行，就要穿过隧道时，看见了像激光一般多姿多彩的光，自己一生所经历的人和事就像电影一样从光里闪过，蒙太奇一般的画面漂亮极了，正当她以为死亡美丽的时候，就会苏醒。

"所以，她给自己取的英文名是 Phoenix？"Mirror 问。

"对，凤凰，她说过凤凰涅槃重生的故事。"

姜凡回想 Phoenix 在店里的样子，她确实总给人一种高冷、神秘的感觉。不过，听了她的故事，姜凡觉得自己好像又多了一层了解，Phoenix，天蝎座，凤凰，简直异曲同工啊。

"那你们是怎么认识的？"Mirror 好奇地问。

"几年前，我从加拿大调到伦敦工作的时候，我们彼此认识了。"Cliff 陷入了回忆。

2

那是一家很大的烟草公司，Cliff 的部门主要负责公关，而 Phoenix 是唯一的亚洲员工。烟草业一直是最赚钱的行业，也是最敏感的行业，几乎每年都会遭遇起诉"吸烟引起疾病"，甚至被要求巨额赔偿。公关部门肩负的任务很艰巨，Cliff 一直背负着很大的压力。

通常，每逢新上司到任，下属就会竭力表现以引起注意，Cliff 也尽量显得平易、亲切，一开口就幽默了一下，引起一阵附和的笑声。唯独 Phoenix 不冷不热的，只是站在角落里漫不经心地瞥了一眼，又点头打了个招呼，就忙自己的事去了。

"老实说，Phoenix 给人的第一印象并不很好，但很深刻。"Cliff 说。

姜凡知道，天蝎座总是喜欢伪装自己，常给别人一种冷漠或若无其事的感觉，其实，那是他们在保护自己。天蝎座可以将最炽烈的爱和关怀给予别人，可惜份额太少，他们需要很长一段时间精心挑选那个可以得到它的人，Phoenix 对 Cliff 冷漠的态度也正缘于此，她的冷漠，正好说明她在考验新来的上司。

Phoenix 的嗓音沙哑了一点，却别有韵味，身体略瘦却是一副迷人的魔鬼身材，皮肤白皙，嘴唇薄薄的，很性感，特别是那双眼睛，当她沉浸在自己的世界时，那种深邃的目光显得特别神秘。她确实是个冷傲神秘的冰美人，不仅刻意为自己选了角落的工位，平时也很少说话，几乎很难令人感觉到她的存在。

Phoenix 起身去茶水间时，会经过 Cliff 的办公室。她走动很轻，身姿很好，如果偶尔与 Cliff 的目光相遇，就礼貌地笑一笑。她的笑容很好看也很吝啬，瞬间一笑，很快就会收起。

一天晚上，Cliff 独自加完班，好奇心促使他走向了 Phoenix 的办公桌。Cliff 惊讶地发现，Phoenix 的工位上放着一具水晶骷髅，一时觉得很震惊。昏暗的灯光下，那具骷髅旁是几本哲学书籍，还有一本《忒休斯之船》。一张小相框立在电脑旁，镜头里的

Phoenix 也是似笑非笑的样子。

Phoenix 存在感很弱，Cliff 一直以为她在工作上会很吃力，经过几次工作对接，他才发现，Phoenix 的个性里蕴藏着超强的能量，能近乎完美地完成 Cliff 交给她的每一项任务。

"那是自然的啊，天蝎座一认真，能量是惊人的。那是由敏锐的洞察力、坚忍的毅力、特殊的创造力，以及女人特有的直觉、细致、魅力综合而成的能力。"姜凡撇撇嘴，说道。

令 Cliff 意外的是，工作出色的 Phoenix 处世并不圆滑，还少了一些中国人常见的容忍、服从的气质。作为上司，Cliff 严格要求下属提交计划并执行，还多次强调要照既定的格式写计划和报告，Phoenix 却一直坚持自己的原则，依照自己的格式写东西。Cliff 在她的计划书里批改了大量意见，谁知 Phoenix 经常置之不理，甚至固执地坚持自己的意见，自我保护意识强得令 Cliff 无奈。

Cliff 只好将她叫到办公室单独谈话，毫不客气地指出了计划书里的问题，却被 Phoenix 一一反驳了。她说话的语调不高，态度也恭敬，但思维缜密，逻辑性极强，居然还指出了 Cliff 列举的错误数据。

Cliff 觉得自己的尊严受到了挑战，就决定给她一点教训，交给 Phoenix 一个几乎无法完成的任务——解决一个顽固的寡妇起诉的案子。那个女人的丈夫因肺癌去世，而她是当地一个出名的律师，就动用了强大的媒体资源，宣扬病因是吸烟，还在媒体面前夸下海口，说自己的生活一定要让烟草公司埋单。Cliff 原以为，那个案子一定会让 Phoenix 下不了台，没想到 Phoenix 居然完成了任务，还比公司的预算少了 80%。后来，Cliff 在总结报告会上知道，原来 Phoenix 解决问题的办法很简单，就是不停地上门，听那个寡妇抱怨，直到她实在厌烦了每天见到 Phoenix，也抱怨够了。累了，自己觉得无趣了，就不再纠缠了。Cliff 知道，她正是利用了人性的弱点，不禁对 Phoenix 刮目相看。

尽管 Cliff 已经认可了 Phoenix 的能力，还奖励了她，Phoenix 依然是一副阴冷的样子，她越是神秘，就越吸引 Cliff 的关注。Cliff 开始主动接近她、关心她，下班后也会主动邀请她一起喝咖啡、散步。刚开始，Phoenix 很少说话，总是在听 Cliff 说，偶尔附和一两句。Cliff 就一直尝试她可能感兴趣的话题，一说到《忒休斯之船》，Phoenix 的话匣子一下子就打开了，Cliff 甚至觉得自己的知识量完全不是她的对手。

Phoenix 喜欢谈论一些哲学问题，为了能和 Phoenix 聊到一起，Cliff 特意恶补了很多资料。后来，他们聊得越来越多，慢慢成了好朋友。

一次，Phoenix 给 Cliff 说起了阿拉伯商人和十七只骆驼的故事。Cliff 被看似简单的难题给绕迷糊了，Phoenix 被他逗得哈哈大笑。那是 Cliff 第一次看到 Phoenix 笑得那么开心，他知道，Phoenix 逐渐敞开心扉了。

Cliff 以为自己足够了解她了，就开始主动出击。一次，两人一起喝酒，送她回家后，Cliff 主动吻了 Phoenix，没想到 Phoenix 一下子推开了他，还给了 Cliff 一巴掌。

Phoenix 的拒绝令 Cliff 更被她的神秘力量所吸引，开始强烈地渴望发现一把能打开 Phoenix 心灵大门的钥匙，还专门研究了她的星座。

Cliff 了解到，天蝎座的守护星是冥王星，冥王星的符号代表独立于现实和情绪之上的意志。天蝎座的人，潜意识里会存在一些独特的需求，以弥补记忆的欠缺或重复记忆的温暖。她会因为得到补偿的满足感而对你另眼相看，你只有真正切中她的需求，才能引起她的好感。

从那之后，Cliff 就开始细心观察 Phoenix 的一举一动。他发现 Phoenix 就像一只刺猬，满是刺的外壳下隐藏的是她的脆弱和自卑，那些表面的冷艳和难以接近其实是为了隐藏自己真正关注的情感。

如果不是因为公司组织去巴塞罗那旅游，Phoenix 怎么也不肯下海游泳，估计没有人会知道她怕水的秘密。很久以后，Cliff 才知道，她怕水是源于那次落水的经历。

在 Cliff 的不断"进攻"下，Phoenix 渐渐开始信任他，也真正向他开启了心门，不仅说了她在国内的一些经历，还告诉 Cliff 自己身上留着十七颗钢钉。

十六岁那年，Phoenix 忽然觉得自己站不起来了。医院确诊为脊柱先天畸形，既没有确切的发病原因，也不同于后天畸形，而且发病时已经十六岁，很多疗法不会产生效果，只能手术治疗。于是，医生在她的脊柱上钉了十七颗钢钉。

Cliff 听得后背发凉，正常人打一次针、拔一次牙也会害怕，她居然要在脊柱上钻十七个洞，手术过程就已经让人不寒而栗。她还得一辈子带着十七颗钢钉，那样的痛苦是常人无法忍受的。

Phoenix 却说："于我而言，生死并不重要，重要的是痛感，痛感越强烈，就越能觉得自己还活着。"

即使被病魔缠身，Phoenix 还是用顽强的毅力一路学习，考上了国内的一流大学，又到英国读研、工作，还将日本著名创价学会会长池田大作的话贴在了电脑旁。

If look at the world with a love of life, the world will reveal its beauty to us.（如果我们看世界时秉承对生命的爱，世界将向我们展现它的美好。）

与众不同的经历和丰富的精神世界令 Cliff 彻底爱上了 Phoenix，总想保护她，可 Phoenix 看起来比任何人都勇敢、强大。他佩服眼前的女人，也更尊重、迷恋她。

3

经过很长时间的接触，Cliff 终于慢慢了解了 Phoenix 的一些喜好，用自己的真诚打动了她，两人相爱了。

同居以后，Cliff 发现 Phoenix 很在意一只祖传的青花瓷瓶，一直小心翼翼地将它放在家中最安全的柜子里，时不时还会对着瓶子感慨："其实，人生就像瓷瓶，看上去很美，其实很脆弱，一不小心摔到地上，就会成为碎片，难以复原。爱情也是一样，必须好好呵护。"Cliff 总觉得，那是 Phoenix 在表达自己的不安，她看起来很高冷，其实很害怕失去，一旦得到了什么，就会不由自主地占有和控制它，包括爱情。

两人一起度过了几个月的快乐时光，Cliff 突然不辞而别，消失了足足两个月又再次出现。Phoenix 失望地看着 Cliff，什么也没说就离开了，再也没有出现。

"你为什么突然消失了？"姜凡问。

Cliff喝了一口咖啡，咬着下嘴唇，长长地叹息了一声，说："如果你的前女友得了癌症，她又没有父母，只希望你能陪她走完最后的生命路程，你去不去？"

姜凡无奈地问："又是悖论吗？我不会去，那是原则性问题啊。"

"可是我不能，我不想看着曾经的爱人孤独地离开人世，那太没人性了。"Cliff顿了顿，又说，"当时，我没办法告诉Phoenix。"

"为什么？"

"她的控制欲太强了。如果我告诉她，她一定不会同意我去的。"Cliff坚定地说。

"也许恰恰相反。"姜凡摇摇头，说，"天蝎座的控制欲确实很强，但他们还有最忌讳的一点，你知道是什么吗？"

"什么？"Cliff问。

"天蝎座最忌讳爱人的小动作。如果你当时告诉了Phoenix，或许她还能体谅你。如果你不仅背着她去照顾前女友，还没告诉她，不管你的理由是什么，她都不会饶恕你了。"

"或许你是对的，因为那次不辞而别的后果很严重，不然我也不至于追到中国。"

姜凡好奇地问："后来又发生了什么？"

Phoenix 辞了职，还留给 Cliff 一个大包裹，里面全是他的东西、衣物，还有一本被撕碎了的《忒休斯之船》和他曾送给她的礼物。看样子，Phoenix 再也不想见到他了。

Cliff 急忙去找 Phoenix 在伦敦的朋友丽萨，请求丽萨告诉他 Phoenix 在哪里。一开始，丽萨不愿意说，最后实在不忍看他那么痛苦，只好将 Phoenix 在意大利的住址和手机号码告诉了 Cliff。Cliff 知道 Phoenix 一定不肯接他的电话，就连夜飞到佛罗伦萨，在她家门口等了几个小时，终于跟着傍晚归家的 Phoenix 挤进了门。

Cliff 一五一十地将照顾前女友的事告诉了 Phoenix。Phoenix 却没有一点原谅他的意思，甚至越来越无法控制自己的情绪，咬着嘴唇将那只被珍视的瓷瓶砸在地上，颤抖地指着碎片，一字一句地说："Cliff，你看，瓷瓶还可能复原吗？"

Cliff 明白，Phoenix 无法在短时间里回心转意了，只好一步三回头地离开。

4

Phoenix 得知 Cliff 消失是为了照顾前女友，几近崩溃，完全不能接受被欺骗的现实。丽萨发现她已回到伦敦的时候，Phoenix 正独自沿着泰晤士河奔走，单薄的她被大雨淋得透湿，腰部的旧伤也复发了，可她只是失魂落魄地走着，不时哼唱一些奇怪的童谣。

第二天，她又回了意大利。Cliff 跟着她的足迹一直追到了中国。

Cliff 翻着手里的《忒休斯之船》，就像在看着 Phoenix 的照片，几乎乞求似的说："我太思念 Phoenix 了，请你们告诉我，她到底去了哪里。"

"你听说过锔瓷吗？"姜凡问。

"什么？"

"锔瓷是一门古老的民间手艺，说白了就是将碎裂的瓷器再修复完整的技术。"Mirror 解释。

"没听过。"

"所以，你对 Phoenix 的了解永远不够，现在你知道她为什么回中国了吗？"姜凡说。

"那她在哪里锔瓷？"Cliff 终于开窍了，着急地问。

"听说沈阳的一家锔瓷老字号是祖传的手艺，我建议你去那里看看。"姜凡一脸坏笑，又补充道，"如果看到 Phoenix，千万别说是我告诉你的啊！"

"好的！谢谢！"Cliff 迫不及待地冲出了书店。

"喂，不再喝杯水吗？"Mirror 大喊。

"不用啦！谢谢你们！"

姜凡问 Mirror："你说，他们还能在一起吗？"

等了好久，Mirror 也没有回答他，姜凡回头看了看愣愣的 Mirror，喊了一声："Mirror，你在干什么？"

"我在思考一个问题。"

"什么问题？"

"不去照顾前女友触犯了道德问题，去照顾前女友又违背了原则问题，算是前女友悖论吗？"

"天哪，又开始了，饶了我吧！"姜凡一脸无奈。

Mirror 看着姜凡，说："那我说另一道题。如果一个疯子将五个无辜的人绑在电车轨道上，而一辆失控的电车正向他们驶来，幸运的是，你可以牵动一根拉杆，让电车开到另一条轨道，问题在于，那个疯子还在另一条轨道上绑了一个人，你怎么处理？"

姜凡看了看她，眼神里写满了绝望："我可以不回答吗？"

"不可以。"

"好吧，那我……我会去牵动拉杆，但是我在牵动拉杆时不小心摔倒了，所以没有成功，我既没有放弃那五个人，也没让另一个人死，在心理上是胜利的，哈哈哈！"

"你必须牵动拉杆，它是题目的限定条件！"

"为什么出题人要限定那么多条件让我难受？作为回答者就要'人为刀俎，我为鱼肉'吗？我才不吃你们那一套。"

"哦，好吧，人家好心好意给你准备了一块蛋糕，那你今晚就不要吃了吧。"Mirror说完，就准备将刚拿出来的蛋糕放回去。

姜凡意识到自己还没吃饭，手舞足蹈地奔向她，说："Mirror，我错了！"

"错了也没用！今天就让你知道一下，绝情的不只是天蝎座，哼！"Mirror冷笑道。

"可是，天蝎座并不是绝情啊，他们是在保护自己。"姜凡反驳。

"保护自己？"Mirror停下了手里的动作。

"对啊，你要知道，天蝎座也是水象星座之一。他们深情、渴望感动，却又不敢真正表达自己的想法。"

"为什么不敢表达？"Mirror问。

"不喜欢展现自己柔软的一面呗，他们渴望得到爱，又担心爱得越深受伤越重，就喜欢伪装自己，暗中观察。"

"暗中观察什么？"

"暗中观察……"姜凡假装思考该怎么回答 Mirror，眼睛却一直盯着 Mirror 手里的那块蛋糕，"我在暗中观察怎么抢走你的蛋糕！哈哈！"

"喵——"趴在沙发上的 Max 看了看眼前打闹的两个人，发出了自己的抗议。

听说，Cliff 在沈阳见到 Phoenix 的时候，Phoenix 正在锔瓷店里认真地看着修复瓷瓶的手艺人。那瓷瓶还像以前那样精致，不同的是，瓶身多了一只金光闪闪的凤凰。

凤凰涅槃，青花瓷瓶在匠人手里重生了，他们的爱情或许也是如此。

天蝎座：矛盾情感

　　很多人认为天蝎座是一个喜欢"自虐"或"虐人"的星座，实际上，所谓的虐，是禁忌和欲望的交织作用产生的矛盾情感。对天蝎座而言，他们知道"折磨"别人和自己是一种禁忌，可又难以进行自我控制，就衍生出"要么不爱，要么爱到撕心裂肺"的极端，即强烈的占有欲。

华丽的冒险

1

天气渐渐转凉，姜凡经常窝在沙发里撸猫看书，偶尔自言自语地感慨几句人生。那天，姜凡刚念叨了一句"命运的安排总是恰如其分，如果我们执意与它斗争，反而会落入它早就设好的圈套"，Mirror 就跟着说："苏苏就是那样啊。"

苏苏是宿的妹妹，一个典型的狮子座女孩，还不到三十岁就因病去世。每年的八月，宿总要离店一段时间，回老家给苏苏过冥诞。

Mirror 告诉姜凡，他还没到店里工作之前，一直是苏苏在打理店里的事情，现在店里依稀还能看到苏苏留下的一些痕迹，很多会员也听过苏苏的故事。那个专门为预约客户准备的红色书柜里一直放着的《蛤蟆的油》，就是苏苏生前在店里看过的最后一本书，宿不准任何人动它。

《蛤蟆的油》是黑泽明的自传体小说，里面最著名的一句话是"我一定要在三十岁之前死掉，人一过三十就只能变成丑恶"。黑泽明的哥哥在二十七岁选择了自杀，而苏苏离开世界的时候，也是二十七岁，似乎永葆了一生中最有魅力的时光。

苏苏天生要强，喜欢争第一，又总要站在人群中心。学生时代，班里总是暗暗藏着许多争斗，争排名、争老师的宠爱，甚至争同一个朋友，不亚于一部宫斗戏。那时，小萱和苏苏是班里的焦点。可是小萱从小练舞，身姿比苏苏优秀了不少。自知能力不足的苏苏又忍不了别人比自己优秀，不仅设法进了舞蹈团，还为练舞付出了一般人难以想象的努力。学校舞蹈团里的成员多是科班出身，从小练舞，只有苏苏是个例外，可她还真从一个小小的伴舞一跃变成了领舞，奇迹般地站在了自己渴望的位置上。

Mirror 总觉得，苏苏之所以骄傲，除了自己优秀，另一个原因就是她有一个令人羡慕的哥哥——宿。

苏苏喜欢新事物，可又总是三分钟热度。小时候，苏苏要学钢琴，家里人自然很高兴地请了最好的老师，可没过几天，她就失去了热情，说什么也不学了，交了的钱也退不回来。宿只好代替妹妹去上课，还阴差阳错考到了钢琴八级，而店里那架钢琴，最早是苏苏要弹的。

刚毕业的时候，苏苏和男朋友分了手，为了打发时间，就随便报了个西点培训学校。宿就负责陪着她散心、做面包，没过多久，苏苏又懒得学了，宿又硬着头皮去补课，没想到还考了两个证书，没事的时候就在店里做糕点。

身后总站着一个无限包容的哥哥，谁也难免任性，何况是苏苏。

2

进入大学不久，苏苏就和一个叫付强的男孩恋爱了，可谓是郎才女貌。两人在学校里一同出现的身影总能引起周围人的嫉妒，或许命运也在嫉妒她，就和苏苏开了一个巨大的玩笑。

忽然，苏苏的眉毛和鼻尖附近出现了红斑。一开始，她还以为是化妆品过敏，就没在意，只是简单涂了一些药膏，可是过了很久，脸上的红斑依然没有消失的迹象。付强陪她去医院检查，诊断结果竟是红斑狼疮。

"红斑狼疮是一种免疫性疾病，不仅很难根治，还可能会遗传，除了通过药物控制病情，还要避免剧烈运动和劳累……"医生耐心嘱咐了很多需要注意的问题，苏苏看着那些药，欲哭无泪，她不仅要告别舞蹈和一片光明的前途，还一下子从万众瞩目的女神变成了将要和红斑狼疮斗争一辈子的病号，更可怕的是"遗传"两个字。

苏苏寝食难安，消瘦了很多，又因为摄入激素性药物而全身浮肿，心里很痛苦。付强见苏苏那么低落，愣是旷了一个月的课陪着苏苏，既安慰、照顾她，又了解了很多治疗红斑狼疮的方法。在那段艰难的日子里，苏苏看着奔波的付强，在心里暗暗发誓，一定要将最好的爱全部交给付强。可是，爱情不只是两个人可以决定的，家人和朋友总会起到举足轻重的作用，付强的妈妈就通过自己的手段，毁了两人的爱情，"救"出了自己的儿子。

一天，付强约苏苏到家里吃饭。那时，她的病情已经得到了很好的控制，正常的生活起居也与他人无异，可到了付强家，苏苏正准备穿拖鞋，就被付强妈妈惊慌失措地拦了下来："哎呀，孩子！别穿那双鞋！那双是孩子他爸穿的！"

"那双呢？"付强指了指另一双鞋。

"那双脏，已经落灰了！"付强妈妈语气夸张地说着，又拿了一双一次性拖鞋放在了苏苏身前，说，"穿这双，干净卫生。"

付强不知道妈妈是什么意思，苏苏却一下子明白了。生病以后，很多人唯恐避之不及，生怕被传染，苏苏觉得自己成了人人厌恶的病毒传染源，没想到付强的妈妈也拿她当病人看待。她再也没法在家里多待一秒钟，就草草向付强母子告了别。

"那下回玩啊，阿姨给你们做好吃的！"还没等儿子开口，付强妈妈就赶紧开了门，抢着送客。苏苏近乎仓皇失措地逃走了，只听付强妈妈在身后说："唉，可惜了，以后别再和她来往了。"

那天，苏苏不记得自己是怎么回家的，只觉得无尽的心灰意冷。自小时候起，她就是众人眼中的明星，没受过一点委屈。尽管付强妈妈没有直说，可那种掩盖不住的、唯恐避之不及的表情，于苏苏而言，就是羞辱。

昔日自信的苏苏逐渐开始反省自己，不停问自己"为什么还天真到要去别人家做客，又何德何能要求别人将自己看成一个正常人"，觉得做一个普通人也变成了不可能的奢望。

那时，没人能理解她的处境，唯一能依靠的只有哥哥。在宿的悉心照料下，苏苏平静了不少，可总是刻意地和别人保持着距离，再也没有骄傲可言，也没敢将自己的病情告诉别人，更没人知道她为什么忽然变得那样难以接近。

之后的日子稀松平常，除了一些生活细节，苏苏看起来和别人没什么两样。顺利毕业后，她没像别的同学那样去闯荡，只是默默地钻到深夜书店里当起了优哉游哉的小老板，每天喝茶看书养花喂猫，也会替宿组织一些活动。

一次，苏苏征得宿的同意，准备在店里组织一场音乐晚会，她最喜欢的歌是陈绮贞的《华丽的冒险》，晚会的主题自然也就是陈绮贞了。那天去店里听歌的人不多，不过，就是在那天晚上，苏苏认识了秦禾，两人很是投契，店里客人不多的时候，也会一起听歌。

随着时间的推移，秦禾与苏苏的关系越来越亲密，苏苏也知道自己喜欢秦禾，可她总觉得没有资格爱人，就一直躲躲闪闪的。压抑许久之后，她也曾考虑将自己的病情告诉秦禾，最终还是忍住了，就在她犹豫不决的时候，秦禾先一步看出了她的心思。

那天，秦禾看着苏苏的胳膊，小心地说："苏苏，你胳膊上的斑好像是红斑狼疮，没去医院看一看吗？"

苏苏害怕极了，不知道怎么解释自己的病，也不知道当年的场景会不会重现，一时语塞，没想到秦禾主动说："我的一个朋友跟你的症状差不多，已经二十多年了，也没什么问题，就是平常跟我们出去玩的时候，不能喝酒。"

"没什么不同？不能喝酒？"苏苏惊异地看着秦禾，他的表情很平淡，就像随意说了一句家常话。

在别人眼里像瘟疫一般的病，竟被秦禾看得如此云淡风轻，就像平常的感冒一般。他不但没有退缩，反而开始安慰、鼓励她："苏苏，要不要明天我陪你一起去医院？你要多注意休息，不能在电脑前一坐就是一天，店里的重活儿，我可以干。"说完，秦禾还撸起袖子鼓了鼓肱二头肌。那一刻，苏苏既感动又觉得委屈，她觉得自己好像得到了那个真正理解和关心自己的人，似乎又回到了从前，成了一个耀眼的存在，就高兴地告诉了宿，没想到宿泼了她一头冷水。

"苏苏，你确定他真的了解红斑狼疮吗？他知道那会遗传吗？"

宿的话当头棒喝一般惊醒了苏苏，是啊，他那么云淡风轻地说着，可能一开始就不知道红斑狼疮的可怕。

"还有，你真的喜欢他吗？如果你真的喜欢他，考虑你们未来的生活了吗？"宿说出了一连串的问题，又安慰道，"苏苏，不是哥哥怪你，哥哥是害怕你被人骗、被欺负。如果你真的考虑好了，我一定支持你去寻找自己的幸福，如果你不愿意和别人在一起，哥哥养你一辈子。"

那天，苏苏抱着宿哭了一场，她庆幸自己还有哥哥可以依靠，又发现自己要时时刻刻面对那个真正的自己——一个患有红斑狼疮的病人。

"秦禾，我知道你的心意。可是，你必须考虑清楚，如果要和我在一起，你会面临很多问题。"苏苏摊牌了，她不愿耽误秦禾，也不愿自己沉迷于幻想。

"我——"苏苏捂住了秦禾的嘴，阻止他说下去，又说："不要急，一个月以后再回答我。从今天起，我们暂时不要见面了，我要去上海散散心，就给彼此一个月的时间吧，我们好好冷静一下，好吗？"

秦禾答应了，可是"一日不见，如隔三秋"，何况一个月呢？苏苏暗示的那些问题，要说秦禾没有一点犹豫，那是假的，可比起所谓的困难，他更坚信自己的喜欢。于是，没到一个月，秦禾就坐飞机去了上海。

秦禾的出现让苏苏热泪盈眶，她觉得遇到了那个可以陪自己一起"华丽冒险"的人。

那天，他们在游轮上玩到很晚，秦禾忽然不顾周围的游客，单膝跪地，举起了早就准备好的戒指，说："嫁给我吧！"

"你真的决定了？不会后悔？"苏苏还是犹豫着问。

"不后悔，绝不后悔！"秦禾严肃地回答，眼神坚定。

那一刻，苏苏暗暗下定决心，一定要为秦禾付出一生，哪怕牺牲一切。她戴上了那枚戒指，站在船头，任晚风吹起长裙，似乎又回到了以前跳舞的美好时光。

3

回到南京，两人很快就买了一套二手房。尽管小了一些，他们还是热情高涨地讨论着如何设计，又一起装修，亲自动手做了一些活动床、活动桌椅，还一起买了不少植物。居室里一下子变得生机勃勃，俨然一个温馨的家。

为了顺利结婚，秦禾向父母隐瞒了苏苏的病情。两人的婚礼办得简单而热闹，穿着白色婚纱的苏苏羡煞了朋友，宿也为妹妹骄傲得鼓掌。

婚礼过后，他们一起去了欧洲旅游，还决定一起跳伞。飘在降落伞下的那一刻，无双的风景从苏苏眼下掠过，阳光和空气包裹着身体，爱人正在身旁，那一刻，她忘了自己是一个病人，忘了医生嘱咐的那些细节，只觉得身体很轻，就像一片叶子，随风飘荡。

幸运的是，那天苏苏没有发病。蜜月之后，她兴奋地告诉宿自己经历了爱情的奇迹，结果自然是被宿训斥了一顿。

两人在一起的生活没有被苏苏的病情影响，不过是正常地吃饭、聊天、玩闹，每天早上一起出门，晚上一起回家，日子简单而快乐。苏苏几乎忘了自己是一个红斑狼疮患者，直到那天，她怀孕了。

苏苏怀孕既是喜事，也是忧愁——医生不建议红斑狼疮患者生小孩。一开始，苏苏和秦禾很不安，一直在讨论到底要不要孩子，以前的困难只关乎两个人，偶尔任性一点也无大碍，可孩子是一个新的生命，他们的所有决定都会影响孩子的命运。

两人去了几家医院，很多医生建议最好放弃孩子：一是孕妇可能随时会有危险，二是病症可能会遗传。秦禾一听，宁可不要孩子，也不让苏苏冒险，可苏苏再三考虑后，坚持要留下孩子。那段时间，她的妊娠反应很强烈，吃什么吐什么，晚上也睡不着。秦禾不忍心看苏苏难受，就劝她："要不放弃吧？过几年，我们领养一个孩子也是一样的。"

苏苏不忍心爱人担忧，自己的身体也确实很难受，一个红斑狼疮病人的身体负担和普通人完全不同，她被说服了，决定放弃孩子。

可是，走到手术室门前的时候，苏苏突然停止了脚步，双手摸着自己肚子，眼泪汪汪地恳求秦禾："老公，别丢掉他，他也是一条小生命啊。"

苏苏心里沉睡了多年的狮子座能量再次被唤醒，那不仅是一次做母亲的机会，也是一次证明她是一个正常人的机会。苏苏不想放弃，就哭着恳求秦禾让她生下孩子，又一起去见了医生。医生说，主意还是要他们自己定。

"我决定了！无论风险多大，我都一定要生下孩子！"

秦禾看着苏苏坚毅又冷静的眼睛，明白她的决定已无更改的可能。

从此，他们开始了一段真正的华丽冒险，那是属于两人和尚未出世的孩子的一场冒险。

4

那段时间，秦禾不仅要上班工作，还要照顾苏苏，已经做到了一个准父亲应该做的一切。苏苏倒是心大，不怎么难受的时候，还经常在店里晃悠。

一天，苏苏看到了一本《蛤蟆的油》，觉得名字很怪，就好奇地看了看。原来是日本著名导演黑泽明成为大师后，回首往事，自喻自己是一只站在镜前的蛤蟆，发现了自己的种种不堪，吓出了一身油。

苏苏与黑泽明不同，她的童年充满无比耀眼和自豪的回忆，就很好奇黑泽明为什么会觉得自己的幼年很不堪，一有空就拿起来读一读。正巧那时候陈绮贞要开演唱会，秦禾送给苏苏一张票，约好生下宝宝之后一起去听，苏苏随手将票塞进书里当成了临时书签。

随着孩子的发育，秦禾心里的惴惴不安愈发严重，两人又激动又兴奋，更怕忽然出现什么意外。苏苏就让秦禾趴在自己身边倾听孩子乱踢的声音，那种期盼和即将成为父亲的幸福感又淡化了一些紧张。

距离预产期还有两个月，苏苏早产了，几乎处在生死一线，秦禾更是在手术室门外坐立不安，差一点冲进产房。五个小时后，孩子终于呱呱坠地，苏苏生下一个健康的女孩，医生兴奋地告诉秦禾"母女平安"。看着几乎虚脱的苏苏，秦禾哭得不能自已，他们的冒险结束了。

苏苏让秦禾给孩子取个名字，秦禾说："就叫小蝶吧，长翅膀的美丽蝴蝶。"

"小蝶你好！我的好宝贝！"虚弱的苏苏望着暖箱玻璃，似乎望着另一个新生的自己。

秦禾抓着苏苏的手，说："真的太危险了，如果能从头再来，我发誓绝不会让你冒险。"谁知命运不仅没有给秦禾从头再来的机会，而且很快就让他陷入了后悔的旋涡。

生下小蝶的第九天，苏苏毫无征兆地猝死。医生赶来的时候，她已经停止了呼吸，嘴角还带着一丝骄傲的微笑，好像在向世界宣布："我生宝宝了，我是一个妈妈了。"

也许，她早就察觉了自己的虚弱，却从没向秦禾说起，只是尽力、从容地坚持着，每天去暖箱看两次女儿，将自己最后的爱，毫无保留地给了爱人和孩子。

5

宿一直记得那本《蛤蟆的油》静静摆在吧台上的样子，似乎苏苏只是出门了，一张演唱会的门票从中滑落，那上面还留着苏苏的笔迹——"疯狂的梦，没有了你还有什么用"，不知道是写给秦禾还是那时尚未出生的小蝶。

不久，秦禾在店里的论坛预约了《蛤蟆的油》，留言道："没读完的书，总该寻一个时间读完，我想替她预约好，可不知道她什么时候会取，就暂时放在柜子里吧，她想看的时候，就自己拿。"

宿将门票放在苏苏没看完的那页，连同她当时最喜欢用的钢笔，一起放在了红色书柜里一个偏上的位置。

Mirror 说，那个位置正好是苏苏穿着高跟鞋所及的高度，她和宿坚信，苏苏一定会穿着最漂亮的高跟鞋和最华丽的裙子回到店里。

"命运告诉苏苏：'你不可以生孩子。'苏苏却说：'我偏不。'那个任性、骄傲、美丽的她离开了世界，也真的生下了一个孩子，不知道那场华丽的冒险，于她自己是赢还是输。"Mirror 感叹道。

"或许，狮子座就是如此，如果命运无法让他获得荣耀，几乎等于谋杀了他的人生。狮子座也很强势，可只有自己知道那伪装的强势下隐藏着从不敢向人诉说的脆弱，脆弱是他的把柄。为了不让别人抓住自己的把柄，'狮子们'只好一直向别人宣布'嘿！我是主人'，只有不断取得胜利，'狮子们'才能得到安全感。苏苏也是如此，看似勇敢无畏的她，其实很怕自己的脆弱，就一再告诉自己，也向世人宣示着'我可以！'"姜凡若有所思地说。

狮子座：自我领地意识

自我，也称自我意识或自我概念，是个体对自己存在状态的认知。

狮子座的自我意识在于强调自我价值，别人的评价会令他们形成强烈的自尊、自信或自负心理。此外，狮子座的"自我作用"具有一定的"领土区域"，即"你不能跨越我的底线""不能触碰我的领土"等。一旦强调自尊的狮子座受到了伤害，他们就会以咆哮的攻击性或恨意反击。

此种意识之下，狮子座的心态也会呈现出两种不同的状态，即日常可见的宽容、大度、豪爽，或用尊严、气势压倒他人。

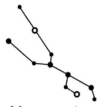

精诚所至

1

姜凡被宿安排去上海参加一个图书节活动，趁此机会，他又向宿请了一个星期的假去看望老朋友罗曼。谁知在罗曼家没待两天，姜凡就被 Mirror 的"夺命连环 call"催了又催，没办法，店里人少事多。姜凡只好抓紧时间收拾了东西回去，罗曼特意给他安排了一个司机——戴维，是罗曼新婚不久的老公。

正当姜凡匆匆忙忙上车的时候，罗曼叫住了他："姜凡！"

姜凡回头望着站在别墅门口的罗曼："什么事？"

罗曼看着姜凡，似乎准备说些什么，却又咽了回去，干瘪瘪地挤出一句："没什么，你们走吧。"

姜凡只好再次挥手致意，回身踏上返程。

离开学校以后，姜凡近七年没见过罗曼，倒不是关系不够铁，只是两人太忙了，尤其是罗曼，毕业之后就留在上海，一心扑在了工作上，忙得焦头烂额，不但要处理公司的事，还得经常飞到国外学习。

姜凡到了上海，好不容易逮到罗曼的空闲时间，以为终于可以和老朋友对酒当歌了，不料临见面知道罗曼已经结婚了，而且没有通知任何人。

姜凡记得，在学校就有"冷美人"之称的罗曼一向对感情没什么兴趣，同学们一致认为罗曼的人生一定会以孤独终老为主题，谁知她竟不声不响地结婚了。姜凡不禁对她的丈夫产生了无尽的好奇，迫切想知道是什么样的男人俘获了"冷美人"的芳心。

一见到罗曼的丈夫，姜凡就迫不及待地拍了一张合影发在了同学群里。事实证明，爆炸性新闻果然不同凡响，原本死气沉沉的群里一下炸开了锅。文艺同学送上祝福，普通同学表示震惊，逗比同学扼腕叹息，众人一致要求姜凡赶紧曝光罗曼的老公。

金牛座的戴维外表高大俊朗，气质温文尔雅，不过，除了一些礼节性的客套，他似乎不喜欢说话，经常一个人坐在客厅的沙发上看书发呆，似乎很享受独处，总让人不忍心打扰。

姜凡以为戴维和罗曼郎才女貌，幸福美满，可真实情况好像没有他脑补得那么简单。罗曼让戴维跟姜凡到店里玩一阵子，说是让新西兰的戴维感受一下中国的风土人情，可又似乎是希望两个人分开一段时间。

姜凡觉得，戴维给人的印象倒还可以，就是开车慢了一点儿，上海到南京也就三个多小时的路程，戴维愣是开了六个小时才到书店。下车的时候，姜凡觉得腿快麻了，而早就得到消息的宿和Mirror已在店门口恭候多时了。

姜凡和戴维一下车，Mirror就一脸坏笑地说："哟！见了一次老同学，怎么没领梦中情人回南京，还领个男的？没想到啊，啧啧啧。"

"你别贫了，我介绍一下，戴维，是罗曼的老公，跟我到店里玩几天。"姜凡边揉腿边介绍。

"欢迎欢迎！"宿说着又低头看了看手表，"不是说好五点多到吗？现在已经八点了……"

姜凡看了看戴维，戴维尴尬地说："开慢一点好，安全。"

"咱们怎么不走着回来？"

戴维竟当真了，看了看姜凡，一脸认真地说："要不我们下回试试？"

"算了吧！我惜命。"

"什么是惜命？"

"就是我懒！懒得走！"舟车劳顿的姜凡实在是没法好好回答他的问题，只求进店舒舒服服地躺在沙发上，没等他迈进书店，戴维的问题又来了。

"能不能帮忙抬一下它？"戴维指了指后备厢里的一张大号折叠躺椅。

姜凡惊讶地看着戴维，疑惑地想："他还是那个在家一言不发的金牛男吗？怎么那么多事？"

姜凡原准备让戴维住在自己家里，可他坚持要住在书店。姜凡无奈地嘟囔："家里准备了舒服的床，非要在店里睡那张躺椅，奇怪的人，难怪被罗曼赶了出来。"

"多大的人了，还认床？"Mirror 忍不住笑着说。

戴维却得意地说："它是我的移动席梦思。"

那张沉重的躺椅是实木制成的，身心俱疲的姜凡一抬进店就累得说不出话，一下子瘫在了上面。

"啊！好舒服！躺椅确实舒服！"姜凡长舒了一口气，一边摸着躺椅柔软的垫子，一边说。

"嘿！你小心点！可别弄脏了！你手里那张垫子是新西兰羊毛

制成的，那可是我专门从家乡空运过来的。"戴维紧张地说。

"从……新西兰空运来的？"姜凡不敢相信自己的耳朵。

"那当然了！"戴维一脸自信地回答。

至于吗？姜凡看着躺椅的羊毛垫子，心想："不愧是金牛座，总喜欢家里的东西，或许是只习惯于自己熟悉的东西吧，能给他们一种说不出的安全感。"

众人简单寒暄几句后就各忙各的了，宿在一楼给戴维腾出了一块地方作为他的"生活区"。戴维在店里转了几圈，就在躺椅上自顾自地睡着了。

第二天，姜凡再见到戴维时，他正窝在沙发里玩电脑。那之后的几天，姜凡只见过两种模式的戴维——躺在躺椅上的戴维和窝在沙发里的戴维。

姜凡问："你不想出去转转吗？我可以陪你在南京附近走走。"

"Life lies in stillness，生命在于静止。"戴维看也没看他。

"你们新西兰人不是挺喜欢运动的吗？"

"那照你的话，你们中国人应该会武术，你会吗？"戴维的目光终于从电脑移到了姜凡，他认准了姜凡不会武术，眼神里充满了挑衅。结果正中姜凡下怀，他自信地打了一套标准的二十四式简化太极拳。戴维是外行，不知道那是姜凡的小学课间操。

戴维心里震惊，又尽力装出一副满不在乎的样子，问："会不会动作快一点的？你打得太无聊了。"

"会啊！"姜凡又趁着心里的热乎劲儿给他跳了一套广播体操——时代在召唤，还装模作样地告诉戴维："中国武术博大精深，一般只能给外国友人表演初级阶段，真正的功夫一出手就是要见血的。"

站在旁边的 Mirror 已经笑得直不起腰了，捂着肚子说："你还可以教他点穴啊！"

"什么点穴？"姜凡纳闷儿地问。

"按太阳穴轮刮眼眶！"

姜凡竟真的一本正经地给戴维展示了一遍眼保健操，美其名曰"治疗视力的中国古法点穴"。戴维震惊了，还非要拜姜凡为师。

姜凡说："你要学哪个？"

戴维用手比画着缓慢的太极拳。

"你不是嫌那个慢吗？"

"我还是感觉慢的比较适合我。"戴维说。

后来，店里又多了一种模式的戴维——练太极的戴维。

姜凡以为学完太极，戴维就不会总窝在沙发和躺椅上了，没想到戴维每天早晨打完太极，就又切换回之前的两种模式了。姜凡只好无奈地宣布调教失败，看着闷闷的戴维感叹："金牛座总给人稳定、悠闲、自在的感觉，可是也很容易将悠闲自在发展成顽固和懒惰啊。"

Mirror倒是机智，趁戴维窝在沙发上玩电脑，给他注册了个论坛管理员的账号，让戴维平时维护一下论坛环境，组织一些线上活动。

戴维平日里不苟言笑，处理Mirror下达的任务倒是认真负责。不论是店里新进了什么书、预约咨询的时间安排，还是最近的热门话题和活动，戴维一一在论坛里广而告之，没多久就吸引了一批新粉丝。

Mirror的无意之举取得了不错的成果，周围的朋友们还以为深夜书店花重金从哪里请了网络营销大神给论坛出谋划策了，不知道一切都是那个新西兰懒蛋的杰作。

姜凡也不知道戴维在论坛里工作，还好奇地问Mirror："论坛里那个叫'两个北野武'的家伙是谁？最近怎么那么活跃？"

Mirror冲躺在沙发上的戴维努了努嘴。

"什么？戴维？论坛里那个'两个北野武'是你？"姜凡问戴维。

"嗯。"

"你喜欢北野武？"

"嗯。"

原来他也喜欢北野武！终于发现了知音，姜凡立刻兴致勃勃地说了一堆："我也喜欢北野武！他是我最喜欢的日本导演，《那年夏天宁静的海》看过吗？你一定看过，不用很多台词就能展现一部完整电影真的是太厉害了，还有他演的那部《菊次郎的夏天》，哈哈哈，很好笑啊！"

戴维好像不感兴趣，只回了他一句话："我喜欢他的面瘫，半张脸面瘫。"

"半张脸面瘫？"姜凡不懂戴维在说什么，"那……两个北野武是啥意思？"

"两个半瘫，换一张全瘫。"戴维说完，抬头看了看姜凡。

姜凡看着戴维面无表情的脸，仿佛真的看到了两个北野武合在了一起。一阵尴尬的沉静后，"两个北野武"又一头扎进论坛里噼里啪啦地敲打键盘了，仿佛刚才什么也没有发生。

姜凡讪讪地回头，店门被推开了，快递小哥喊道："北野武的快递！谁是北野武？"

"我的！"戴维拆开了包裹，里面是一件宽大的针织毛衣外套。他将毛衣敞开，上下打量了一下，满意地点点头，就回到沙发上盖着外套睡着了。

自那之后，Mirror 给戴维的薄被彻底没有了用武之地，那件外套成了戴维不离身的宝贝，他还总说那外套上的羊毛里可以闻到家乡的味道。

2

"你老公怎么那么古怪？"一天，姜凡在电话里问罗曼。

"他……你习惯就好。"罗曼回答。

"我准备陪他在附近走走，散散心，可他每天哪儿也不去，只会窝在沙发里看电影、看书，说话永远都是惜字如金，最让人无法忍受的是他那张北野武的脸！"

"什么北野武的脸？"罗曼不知道姜凡在说什么。

"之前我以为你老公会很有趣，没想到那么无聊。"姜凡继续抱怨。

"他看起来是挺无聊的，不过，你没发现他也很'闷骚'吗？"

"'闷骚'？好吧，那你准备让他什么时候回去？"姜凡问。

"再过一段时间吧，可能他还没有认真考虑过我们之间的问题。"

姜凡一直很好奇他们之间到底出了什么问题，可罗曼不说，戴维又是个闷葫芦，平常的交流也是一脸的不情愿，别说从他嘴里套出什么重要的事了。

刚到店里的时候，作为一个外国来客，戴维常会吸引很多顾客的目光。

"那个外国帅哥是谁？""我可以去和他玩吗？""他怎么那么老实？""那是你们新买的人形雕塑吗？"……不同的人面对沙发里的戴维，总会问出稀奇古怪的问题。一个五六岁的小姑娘还问过他："嗨！你在干什么？"

戴维看了看那小姑娘，转身向姜凡说："Tell her,I can't speak Chinese（告诉她，我不会说中文）。"

试过一次之后，戴维常用那句话成功摆脱打扰，不过，也有失手的时候。

一天，店里的会员林静和几个朋友到店里喝咖啡聊天，进门一看到戴维，就笑着说："Hi！Nice to meet you（你好，见到你很高兴）！"

一口清脆标准的英文唤起了戴维，可他看了看林静，小声告诉姜凡："告诉她，我是新西兰少数民族的，听不懂英文。"

"咳咳……那个……林静，他是新西兰原住民，只会说毛利语，听不懂你说什么。"

"毛利语？Cool！"林静一边惊讶地感叹，一边拽了一个朋友，说，"她是我们公司专门负责翻译毛利语的小田！今天真是太巧了！小田，你去跟他聊聊！"

姜凡差点忘了，林静是翻译，肯定也有一群懂翻译的朋友。戴维算是栽在林静手里了，只好硬着头皮用毛利语和小田聊了一会儿。

Mirror 端了点心和咖啡坐下来，问："林静，前一阵儿你不是学针织了吗？学得怎么样了？"

"蛮好的啊！还赚钱了呢！"林静喝了口咖啡，满意地咂了咂嘴。

"是吗？怎么赚的？"

"嗯……"林静顿了顿，说，"我爸准备扔一条不穿的羊毛裤，我看那羊毛挺不错的，就拆了准备织成毛衣，没想到织大了，老师告诉我正好可以织成一件外套，我就顺势织成了一件外套。"

"然后呢？"

"因为太大了，我自己穿不了，就晒在咱们店里的论坛，没想到还真被人看上了！"

林静忍不住得意地笑着说："然后我就卖出去了，赚了五百大洋！哈哈哈哈！！！"

"卖给谁了？"Mirror 惊讶地问。

"就是那个……最近在论坛里挺活跃的那个'两个北野武'啊！"林静吃了一口点心，又说，"你看到那个北野武了吗？他应该是到店里取的毛裤……啊不，毛衣。"

姜凡小心地看了看坐在旁边的戴维，他正斜着眼睛看着 Mirror 和林静，脸上一阵儿红一阵儿白的。

戴维既想和林静理论，又碍于面子，必须装作听不懂，只好默默地将盖在身上的那件毛衣偷偷塞在了屁股底下，一脸无奈。

不久，姜凡发现戴维将论坛里的名字从"两个北野武"改回了自己的原名，林静也没在店里出现过。

之后的日子平淡无奇，一切仿佛又回归了正轨。宿在蛋糕房里忙得不亦乐乎，坚持要亲自准备咖啡和点心，姜凡和 Mirror 则继续负责店里的诸多事宜。一旁的戴维看在眼里，也没闲下来，依然组织着论坛的活动。会员们甚至产生了一种错觉，以为戴维也是店里的一分子，过着普通的生活，在店里旁观着不同的故事。姜凡以为日子就会那样过下去，直到一天，戴维问了他一件事。

在店里待久了，戴维发现到店咨询的客户不少，身份多有不同，唯一相同的是他们离开时会从那个红色书柜里取走一本书。一天，戴维问姜凡："那本《蛤蟆的油》怎么一直没人取？"

姜凡看着戴维，笑了笑，说："你观察得真仔细，那本书的故事，我早就写在论坛里了啊。"

"好吧，我再找找。"

"算了，正好现在不忙，我给你讲一下吧。"姜凡就将那本书和苏苏的故事，还有深夜咨询一股脑儿说给了戴维。戴维听得入迷，若有所思地点了点头，又和姜凡喝了点儿红酒，就自顾自地躺在沙发上睡着了。

姜凡总觉得，那晚戴维一定做了一个梦，一个关于深夜咨询的梦，因为没过两天，戴维就在论坛里给自己预约了一个咨询的机会。

姜凡看了看，戴维预约的是晓雪写的《优雅》，疑惑地问："这不是写给女生的书吗？"

"是啊，拿回家给罗曼看。"

"她已经很有魅力了，给她看，你不是多此一举吗？"

"她是很有魅力，而且足够优雅，可是……她的优雅还有一种……说不上来的感觉。"

"不切实际！优雅得不切实际，是不是？"姜凡抢先问。

"对！你怎么知道？"戴维激动地说。

"我们可是做了四年的同学啊，从我认识她的那天起，罗曼的高冷气质就没消失过……即使你跟她的关系特别好，也会觉得彼此隔着一层透明玻璃似的距离感，永远触及不到她真正的内心。"

"没错，跟她在一起就是那种感觉，我一直以为结婚后就会越来越亲密，可和罗曼在一起，我发现两个人的距离似乎越来越远了。"

"'冷美人'的外号也不是白叫的，说说你俩的故事吧。"姜凡倒了两杯红酒，在戴维对面坐了下来。

看得出，戴维也是在心里经过一番挣扎后才决定倾诉的。

3

罗曼和戴维是通过朋友介绍认识的，由于两人不主动，一开始的关系进展就不是很顺利。随着了解的深入，罗曼天生的美人气息逐渐显露出来，戴维动心了。

作为一个典型的金牛座，戴维固执得要命，如果谁被他拒绝，无论如何花言巧语也劝不动，可一旦他决定要做什么事，就是势在必得，不可更改。

姜凡不知道戴维是如何主动出击的，反正能追上罗曼，他一定下了不少功夫，何况最后还和罗曼结婚了，简直是神一般的存在。戴维却撇了撇嘴，一脸无奈。

戴维就像很多西方男人一样，总觉得中国女孩比较内敛、害羞，会故意隐藏自己的欲望。一开始，他觉得罗曼只是比较保守，就一直小心翼翼地交往，可罗曼竟然连牵手也会抗拒，别提接吻了。戴维以为随着时间的推移，她会逐渐信任和依赖自己，一切自然水到渠成，也没在意。可是，直到新婚之夜，戴维发现一向冷峻高傲的罗曼竟吓哭了，她没有办法和他亲近，自己也不知道自己是怎么了。

　　"那你们之后也一直没有过夫妻生活吗？"姜凡问。

　　"Never（没有）！"戴维的脸上是掩盖不住的失望。

　　"那就是你们之间的问题吗？"难怪离开上海的时候，罗曼欲言又止，毕竟谁也不好说出口吧。

　　"是，一开始，我以为她只是冷淡，经过一段时间，发现她不是冷淡，是完全害怕。"

　　"比如呢？"

　　"一次，我俩躺在沙发里看电影，我忍不住要亲她一下，可她竟然踹了我一脚！我们是夫妻啊！我简直不敢相信……当时，她蜷缩在沙发里瑟瑟发抖，看着我的眼神就像是看着一个杀人犯，我还要像做错事的孩子一样跟她道歉！我的天哪。"

　　"好像更多是她自己的原因？"

"我也担心是不是我太急躁了或哪里伤害到她，甚至去学了瑜伽。"

"学瑜伽干啥？"

"修行啊！禁欲！"

姜凡差点一口喷出了刚喝的咖啡，戴维好不容易和自己的性感女神结婚了，却又要为了女神禁欲，之前那个古怪讨厌的戴维，似乎又变得可怜了。

"后来，罗曼甚至要和我分手，她说她真的无数次强迫自己和我在一起，却没有办法真正做到。"戴维顿了顿，小心翼翼地问，"她该不会是同性恋吧？"

"你傻了吧？怎么可能，不过你们的问题确实很麻烦……嗯，她可能是……是性爱恐惧症吧。"

"性爱恐惧症？"

"是，很有可能是她小时候经历了什么事情，导致她对两性生活产生了严重的恐惧和抵触。"

戴维思考了好一会儿，说："可是她从没有跟我说过自己遭遇过什么事啊。"

"因为不好说啊，一方面可能是她确实难以启齿，另一方面可能是过度的恐惧让她忘了自己经历过什么。要知道，人在过度恐惧或悲伤时，心理可能会产生自我保护机制。"

"那我该怎么办？如果问题得不到好的解决，或许回到上海我们就会离婚吧。"

"我觉得你们不会离婚。"姜凡说。

"为什么？"

"你看你们的星盘。"姜凡将戴维和罗曼的星盘拿给他看，说，"你看你们的太阳星座和月亮星座正好相反，你是太阳金牛，月亮天蝎，她是太阳天蝎，月亮金牛。"

"代表了什么？"

"代表你们两个人追求的方向是基本一致的，你们在一起既可以互补，又可以共同进步。"姜凡顿了顿，又说，"其实，从星盘可以看出你们是比较务实，也比较注重生活品质的人，而且，天蝎也表示你们有一定的两性生活需求。"

"那她怎么还那么抗拒？"

"并不是所有星座能量都会全部展现在生活里的啊，而且需要向正确的方向引导。"

"正确的方向？"

"对啊。"姜凡沉默了一会儿，又说，"你不是很喜欢你们家乡的羊毛吗？"

"是啊。"

"罗曼去过新西兰吗？"

"没有。"

"或许你可以和她去你的家乡看一看，Middle of Middle Earth（中土世界的中心），说的是不是就是你们那里？"

"回我的家乡看一看？"

"对啊，在钢铁大厦之间穿行了太久，偶尔也可以回到自然里放松一下嘛。"

"我懂了！"戴维激动地说，姜凡在他的那张面瘫脸上看到了少见的笑容。

4

"去新西兰旅游？你疯了吧？"戴维将去新西兰旅游的计划告诉罗曼时，她觉得不可思议，更多的是惊喜，因为戴维已经做好了所有安排，只等她的一声"OK"。

罗曼考虑再三，又看了看公司的行程安排，终于艰难地吐出了六个字："好吧，我跟你去。"

旅途开始时，上海正是冬季，还下了一场阴冷的小雨。一下飞机，罗曼就开心地发现新西兰正是夏季，气温刚刚好。

一回到新西兰，戴维就像孙悟空回到了花果山一般，兴奋得像个小孩子，又要时不时展现自己老派的一面，向罗曼介绍自己的家乡，那种矛盾又滑稽的表情简直让罗曼合不拢嘴。

几天之后，罗曼发现新西兰的生活几乎慢到了极致，如果新西兰是一个男孩，应该就是戴维那样的金牛座。

新西兰的小岛很多，距离稍远就需要坐船或过桥。一次，戴维准备开车去一座小岛，刚到桥头又停了下来。罗曼不解地问他为什么停车，戴维笑着示意，原来那桥很窄，一次只能通过一辆车，而不远处正有一辆车朝着他们开过来。罗曼看着戴维从容地和碰面的司机打着招呼，忽然很享受那种平和安静的日子。他们一起去了很多地方，罗曼发现自己已经被戴维的悠闲自在感染了，如同禅修一般放下了很多妄念。

或许新西兰人也觉得生活过于安逸了吧，人们又发明了蹦极、高空跳伞、悬崖跳水等极限运动。罗曼是一个喜欢冒险的人，就和戴维一起去了蹦极发源地卡瓦劳大桥，着实玩了一次真正的心惊肉跳。戴维没敢蹦极，就绕到桥下去等罗曼。看到蹦极归来的罗曼，戴维忍不住抱了抱她，说："我刚才真的很担心你。"

罗曼看着戴维一副可怜巴巴的样子，嘴上笑他胆小，心里却觉得能嫁给他是一种幸运，为了不让戴维担心，也没再去玩高空跳伞、悬崖跳水。

两人一起去了很多景点，还到朦胧诗人顾城住过的激流岛看了看，才回到戴维家的农场。足有七千多亩的农场里养了几千只羊和几十头奶牛，还有一些麦田，生活安逸又不闲散。

一个夜里，罗曼梦醒之后，发现戴维不见了。她好奇地披衣出门，看到不远处的牛栏里亮着灯，原来凌晨三点钟挤奶是传统，戴维正在给奶牛挤奶。罗曼和他一起忙了起来，又是冲洗牛栏，又是给奶牛饮水，凌晨四点才一起向房间走去。

"看，南十字星！"戴维忽然指着天空说。

罗曼一抬头，正好看见了四颗组合得像十字架一般的星星，亮闪闪地凝视着大洋里的那片岛屿。

或许是受到了环境的影响，戴维和罗曼就那样自然而然地住在了一起。

5

姜凡再一次见到两人的时候，罗曼正准备移民新西兰，专程向姜凡告别。她坐在姜凡面前，还是一样的充满魅力，不过，不同的是，她怀孕了。

Mirror 端来甜甜圈，笑着说："祝贺你，马上要做妈妈了！"

罗曼低着头，不好意思地笑了笑，说："还得感谢你们，替我照顾了戴维那么久，还为我们的事情操心。"

姜凡摆摆手，说："那倒不用谢，不过，你们走得匆忙，我也没准备什么礼物。"姜凡起身走到沙发周围左看右看，忽然兴奋地说："好了！我就送它做个纪念吧！"

众人看着姜凡手里的礼物哈哈大笑，戴维却脸红了——姜凡的礼物，是那件针织的羊毛外套！

金牛座：客体关系

　　金牛座认为，可以自我掌握、运用的物质具有满足心理需要的价值。只要遇到良好的物质环境吸引，金牛座的物欲就会表现得很明显。当金牛座适应了能满足他们的物质环境时，就会从安逸进入另一种坚持阶段，产生更高级的物欲追求。

　　当他们的物欲被满足，即得到了客体赋予的价值时，金牛座就会给人一种懒散、享乐的感觉，也会展现出坚持、固执或经验主义等安稳、缓慢的思维定式。一旦涉及改变，他们就会大发雷霆，坚持安全第一的原则。

天马行空

1

姚远是姜凡的发小，也是一个射手座的探险家，在很多危险的地方留下了自己的足迹，电影里那些征服雪山、穿越沙漠、游荡雨林的瞬间几乎就是他的生活。不过，与之气魄不符的是，每次出发之前，姚远总会让姜凡占卜吉凶，姜凡也因此坚信是自己让姚远"苟活"到现在。

在姜凡眼里，姚远是一个十足的亡命徒，总是满不在乎地说："不必在意生死，如果那一天真正到来，我也会平静接受。"姜凡自然是无法理解，又总觉得自己已经看透了姚远，认为姚远看似那么无畏甚至是无所谓，骨子里仍是一个很用心的人。

Mirror 一边吃蛋糕，一边好奇地问及姚远的故事。姜凡笑了笑，毫不留情地说起了多年前的"黑历史"。

2

姚远从小就五音不全又迷之自信，觉得五音不全的人一定要学伍佰的歌，总是随性地吟诵着歌词，跑着调子，时不时就抱着吉他练习"慢慢吹，轻轻送，人生路，你就走"，还说以后分手的时候一定要唱。

"姚远，你可真不是个东西啊，还没恋爱就开始意淫分手的场景了。"姜凡吐槽他。

姚远瞥他一眼，笑着说"人就要及时行乐"，说完又摇头晃脑地唱："就当我俩没有明天，就当我俩只剩眼前，就当我都不曾离开，还仍占满你心怀……"

姜凡至今还能记得那个满不在乎的表情，事实是，姚远的分手一点也不潇洒，甚至可以说很狼狈。

姚远的初恋发生在江城武汉。那时，学生里流传着一种说法——"吃在华科，学在华师，爱在武大"，姚远和江燕也是在武汉大学遇到了彼此。

当时，江燕是武汉大学二年级的学生，姚远正在华中科技大学念大三。两所学校只有一墙之隔，学生们还经常会到隔壁学校蹭课。

江燕是武汉姑娘，生得一副江城女孩的姣好身材和面容，也免不了湖北人的厉害劲儿，一吵起架，两片薄唇像刀子一般。那时，她在培训班给攀岩教练打下手，姚远第一次去训练，还没见到教练，就被她训斥了一顿。

"那个男生，下来！谁让你爬上去的？"江燕朝着姚远喊叫的时候，他刚刚爬上四五米高的岩壁，心头一惊，失手摔了一个嘴啃泥。

姚远尴尬地站起来拍了拍衣服，刚要发火，又觉得毕竟是自己冒失，还没训练就按捺不住性子爬上去了。他自知理亏，就嬉皮笑脸地走过去，说："同学，那么凶干吗！看看，一张帅气逼人的脸也给摔破了！知道哥们儿的脸多重要吗？可是上了保险的，你赔得起吗？"

"切，"江燕翻了个白眼，嘴角一翘，不屑地反呛道，"给脸上保险？玛丽莲·梦露的屁股还上了保险呢！"

"啊？居然拿我的脸和屁股……"姚远刚准备发脾气，就看见了江燕那副咄咄逼人的神情也掩饰不住的美，愣了一愣，又自知讨不到便宜，只好乖乖从江燕手里拿过《攀岩手册》，还趁机眨了眨眼，江燕则回他一个白眼。

"阿嚏！阿嚏！"一阵凉风吹过，江燕连打了好几个喷嚏，姚远赶紧从包里取出湿纸巾递给她，一脸谄媚地说："同学，你可要照顾好自己呀，现在天气凉了，可别感冒了！"

"切，一个大大咧咧的直男，心还挺细。"江燕心里嘀咕，又客气地说了声"谢谢"。

3

姚远是个很容易快乐的人，就像一个永远长不大的阳光男孩，说话做事总保持着几分天真。众人聚会，只要他在，吃饭也好，唱歌也罢，气氛总是很活跃。如果是和江燕在一起，他又很能展示一个男人的体贴，平常看似粗枝大叶，会因一些小过失让江燕生气，可又很善于在喜欢的女孩面前认错，总能哄江燕开心。很快，江燕就意识到自己喜欢姚远了。

"真是个坦白痞子！"一次，姚远说错了话，"冒犯"了江燕，江燕骂了他一句。

"什么叫'坦白痞子'呀？"姚远问。

她笑着说："就是坦白从宽，坚决不改！"

嗯，可谓是很贴切了。

4

武汉的生活很惬意，两江交汇，四季分明。那年，武汉大学的樱花似乎格外繁盛。姚远和江燕选了一个晴好天气，骑着自行车赏花、拍照，又去看了电影。姚远至今还留着江燕身穿和服撑着纸扇站在樱花树下的照片，最重要的是，那天晚上，他们第一次接吻了。

夏天，两人又一起去东湖划船、游泳、看荷花……那年中秋，他们趁假期去玩，坐轮渡过江，又在江汉路口的外滩上放飞了写着爱情愿望的孔明灯。

"如果我也能像孔明灯一样自由就好了，随便飞去哪里也行。"姚远望着自在飘走的孔明灯，似乎颇有感触。

"可是，孔明灯一灭就掉下来了。"江燕说。

"至少它曾经和梦想一起飞过啊！不对！我们的话题怎么深刻了？"姚远不好意思地挠了挠头。

也许，从那个时候起，两人就开始走向不同的方向了吧。

5

姚远爱玩，喜欢旅游，为了赚旅游的钱，经常翘课做兼职。

"姚远，你那么爱玩，又经常翘课，到底是怎么拿到学分的？"

"因为我聪明啊。"每次江燕问及，姚远总是嬉皮笑脸地回答。

江燕也会质问："什么聪明，我看你是投机取巧了吧？"

姚远既委屈又强迫自己理直气壮地反击："你管那么多干什么？反正我没作弊！我一定能拿够所有学分，顺利毕业就行。"

"你说的不是重点，"江燕表情严肃地说，"重点是你总得怀着点理想，不能成天混日子吧？"

"谁说我没有梦想？我的梦想就是和你走遍世界上的每一个角落。"看着江燕那么认真，一副煞有介事的样子，姚远只好认真地回答，又亲了她一下。

"姚远同学，纠正一下，我说的是理想，不是梦想！我可不愿现在就去走遍世界。"江燕轻轻推开姚远的脸，用那双会说话的眼睛盯着他，教训似的说，"我是计划考研的，你就没想考研吗？"

理想和梦想，还要分出个区别吗？姚远拿出一张世界地图，指着各种颜色的标记，眉飞色舞地说："毕业以后，我要一边赚钱一边旅游，考研的事情，以后再说。江燕同学，我们能不能自由、浪漫一点，别那么世俗好不好？"

"什么？我世俗？"江燕生气了，将地图重重地拍在地上，噼里啪啦说了一通，"我爸是武汉大学哲学教授、博导，我妈是武汉音乐学院著名声乐老师，麻烦你去我们家看看，满满几墙的书！不要说古画、线装书、唐三彩，就连文艺复兴时期的油画也收藏了几幅，不浪漫吗？世俗了吗？我又没反对你旅游，可总得先拿到硕士学位吧？不然，你作为我的男朋友，我怎么面对家人和朋友？"

江燕一番话引起了姚远的反感，他毫不客气地反问："怎么？你和我在一起很没面子吗？江燕，我一直没看出你的功利心竟如此之重。我不管什么面子不面子，我也不管别人的看法，只要我觉得开心，就算一路乞讨，我也要去我的目的地。"

"那你就去乞讨吧！当个化缘的和尚最好！"江燕说完就跑出去了，姚远似乎从那愤怒的背影里看到了她的悲伤。

之后的很长一段时间里，江燕一直没理过姚远。寒假结束，两人尴尬地沉默着去梅园赏花，春雪下得很大，周围的人一起堆着雪人，追逐嬉戏。开心的气氛也感染了姚远，他后悔自己不该那么任性，再一次主动道了歉。

江燕答应了和好，可两人之间的裂痕并没有真正弥合，就像一堵裂开的墙壁，即使用石灰填补或抹平裂痕也解决不了地基的下沉，房子仍会倒塌。

江燕很爱姚远，她觉得爱的方式就是为他们的未来做好规划，而她所理解的生活是两人一起考研，在武汉找一个稳定的工作。她甚至计划用爷爷的遗产在武汉买一套湖景房，研究生一毕业就结婚，为此，还安排姚远见了自己的父母。

起初，江燕父母并不同意她与姚远交往，但毕竟是开明的高知，既然江燕喜欢，也就没有阻止，姚远到家里做客时也很客气，只是时不时会旁敲侧击一下，暗示未来女婿要上进，不要辜负江燕。

姚远当然明白江燕的心思，他也很爱她。江燕偶尔说话凶了一点，也会闹小情绪，可她知道分寸，事事处处会为姚远安排妥帖。姚远知道，如果自己和江燕结婚，她一定会是一个好妻子，将来也一定是个好妈妈，更能培养出精英学生。

可是，考研、稳定工作、结婚、生孩子，孩子长大也恋爱结婚，那种既定的生活将循环往复，姚远总是觉得不甘心，如果自己的人生一眼就能看到底，还有什么乐趣可言？

6

江燕忽然牵着姚远走进她买的湖景房，准备给他一个惊喜，没想到姚远并不领情，还说自己暂时不想结婚。

江燕伤心地问："你到底想要什么？"

她巴心巴肝地打造了一个家，他却说七年内不会考虑结婚！

"是啊，要什么呢？"姚远沉默了，不知道该怎么向江燕解释，他既不愿意让她嘲笑自己的幼稚、天真，也不愿让心爱的人伤心。

那时的姚远并不能确定自己渴望的生活是怎样的，但他能确定的是必须找一个趣味相投、心灵相通的伴侣。只要一个眼神就能明白彼此要什么，即使生活里出了什么问题也不会互相责怪，不管多苦多累，只要看见彼此，就会觉得心甘情愿。他希望那个她可以与他一起四处漂泊、流浪，而不是为爱成为一个豪华湖景房的囚徒，他不愿看到江燕为了自己而改变，更不愿为了江燕改变。

江燕也很委屈，她无法理解姚远，只困惑自己对姚远那么好，几乎已经做好了所有安排，为什么他还是不能稳定生活。多少男人多年奋斗只为了一套房子，多少恋人因为没有房子而分手，可姚远似乎毫不在意她的付出。

当然，吸引江燕的也正是姚远的独特气质。他看起来潇洒自然，风度翩翩，总是怡然自得，他们也曾一起度过了很多快乐浪漫的时光。可是，观念差异和生活态度的不同已经成了他们之间无法弥合的裂痕。尽管他们深爱对方，也愿意尽力弥合裂痕，可随着时间的推移，那裂痕越来越宽，终究爆发了。

姚远一直梦想买一部越野车，为此还向父亲要过几次钱，父亲一直以他还在上学为由拒绝了。临近毕业时，姚远的母亲知道他已经恋爱了，而且江燕还买了房子，为了平衡关系，就说服姚远的父亲给了他一笔买车的钱，暂时交给江燕保管。

姚远选中了一辆越野车，自己交了定金就去找江燕拿钱，江燕却告诉他，那些钱已经买了投资基金。

"你怎么不跟我说一声？为什么要替我做决定？你知道我想买一辆自己的车想了多久吗？"姚远怒视着江燕，似乎随时会从眼中喷出火焰一般。

江燕更委屈，也激动地反驳道："我做错什么了？我不是为了你好吗？基金可以赚点钱，而买车纯粹是消费，只会折旧，还要花钱养着，保险费、维修费、油费、过路费，哪样不要钱？再说了，你还没有工作，拿什么养车？你打工赚的那点钱够加油的吗？"

"我早就计划好要驾车穿越沙漠的，现在全被你打乱了！"姚远更生气了。

"你就知道玩！一个男人就不能考虑一下自己的责任吗？我一心一意为你考虑，为了我们的未来考虑，你反倒怨我。"说着，江燕就哭了起来。

"我反感的就是你一直替我做决定！你回忆一下，学雅思、考驾照、考公务员，哪一样不是你替我决定的？"姚远并没有因为江燕哭了而住嘴。

"我不是为了你吗？好！你要自由，我还你自由。明天就是周一，我去卖了基金，亏损的部分也一分不少地补给你，我们分手！"说完，江燕头也不回地走了。

姚远正在气头上，也冲着她的背影大喊："分手就分手！"

赌气简单，分手痛苦。冷静之后，姚远也考虑了很久，依照一般人的思维逻辑和评判标准，江燕是很好的结婚对象，她很优秀、漂亮，又很上进，还那么爱他，努力为两个人的未来做准备。可是，不管从哪个角度思考，姚远还是不愿以爱之名被绑架。他还有自己的计划和梦想，他不安于一辈子过着普通人的安稳生活，总觉得远方还有一个声音呼唤自己。

姚远还爱着江燕，也舍不得她，更不忍心看她伤心，可姚远还是希望江燕能理解他，和他一起去旅游，去过他喜欢的生活。

江燕是个现实的女孩，她也爱玩，也喜欢旅游，可她的生活就是现实的规划，考研、工作、结婚、生孩子，无一不在稳定舒适的分寸之内。

那次大吵后，两人并没有立即分手，支离破碎的恋爱关系又维持了一段时间，也算是给彼此留了一个缓冲期吧。

武汉再次进入梅雨季，姚远和江燕终于分手了。他没有潇洒地弹唱一首《晚风》，也说不清楚是谁先离开了谁，就像很多感情一样无疾而终了。

7

告别了江燕之后，姚远开始了追梦之旅。他趁假期和探险队去过雅鲁藏布江峡谷考察，站在峡谷顶端，向雪峰肆意狂呼，看着白云从身边飘过，感受长风越过悠长的峡谷；也一个人去过一望无际的草原，骑着骏马肆意狂奔，夜晚坐在蒙古包里喝纯正的奶茶、啃烤羊腿；还去了鄂西的恩施攀岩，却差点死在那里。

当时，固定安全绳的那块石灰岩风化了。姚远攀到近一百米时，铁钉忽然松动，他瞬间跌落下去，差点以为自己刚刚得到自由就要失去小命，没想到吉人自有天相，崖壁上的一棵小松树救了他。

人们总说"大难不死，必有后福"，果然，没过几天，姚远就邂逅了一个心仪的姑娘。那时，一起攀岩的队友回了武汉，姚远听说清江漂流不错，就独自去了，在那里，他遇到了娟儿。

娟儿是典型的鄂西姑娘，浓眉大眼，面庞饱满，辫子又黑又长。那天，她请姚远吃饭，还给他唱了恩施土家人的劝酒歌，姚远兴奋得喝了不少白酒。

姚远问她："怎么一个人漂流？"

娟儿只说："和男朋友闹矛盾了，心情不好，出来放松一下。"

姚远也没有多问，就当是旅人的默契。他们知道自己只是彼此的过客，一起结伴玩了几天，去看了三峡大坝，又去游了小三峡大宁河，分手时也没有留下联系方式。

8

毕业的那个夏天，姚远没像别的同学一样全力找工作，而是独自去了向往已久的新疆。他在乌鲁木齐租了一辆越野车，翻越天山，沿着塔克拉玛干沙漠向西南行驶，几次越过了塔里木河，又经库尔勒到阿图什再到喀什，还横穿沙漠看了尼雅遗址和罗布泊。一路上，刀郎沧桑、粗犷的嗓音伴随着他在无边无际的沙海里穿行，恍惚中，姚远觉得自己进入了时空隧道，似乎忘记了现实的一切，就像一匹野马在旷野里自由奔驰。

旅行总是风餐露宿，甚至伴随着迷路、翻车等危险，可姚远还是放不下自由的感觉。几年过去，他去了很多地方，也养成了一个习惯，每到一地会先找一份工作，一边赚钱一边在当地旅游，同时筹备下一次冒险。时间久了，姚远的兴趣也从地面的漂流、登山、攀岩、越野转到了深海，他迷上了潜水。

一开始，姚远只是在三亚、马尔代夫等浅海珊瑚附近潜水，后来就一发不可收，去了马来西亚的诗巴丹。那里是世界级的潜水地点之一，也是潜水者的天堂，被誉为"神的水族箱"，世界潜水之父雅克 - 伊夫·库斯托还称赞它是"未曾受过侵犯的艺术品"。在那里，姚远第一次看到了"海狼风暴"，身边的鱼群聚集成团状一会儿上升，一会儿迅速游移、旋转，让他叹为观止。

兴奋的姚远又去了密克罗尼西亚的帕劳，那里的小岛星罗棋布，海面之下更是一个五彩斑斓的世界，最受欢迎的潜点之一蓝角甚至让姚远开始羡慕那些终生遨游在海洋底部的生灵。

潜水是一项很有意思的活动，也是一个巨大的挑战。潜水者随时可能面临生命危险，如果没有经过严格的训练，没有良好的心理素质，很难应付水下的困难和挑战，而能在世界各地潜入不同的海域，面对不同的挑战，更是每一个潜水爱好者的目标。

姚远的下一个目标是"大堡礁"，那是世界上最大的珊瑚礁群，以美景闻名。当然，美丽背后也隐藏着深不可测的陷阱，姚远在那里遭遇了潜水生涯的危机，几乎丧命，也在那次危机中遇到了自己的真爱——Hannah。

Hannah 是一个美国女孩，身材修长，皮肤白皙，一笑会露出洁白的牙齿，走在沙滩上就吸引了不少人的目光。

俱乐部教练将姚远和 Hannah 分为一组，很多人嫉妒不已。一开始，彼此不熟悉，只是机械地完成了规定动作。虽然他俩交流不多，可大家都知道，结伴下潜到几十米的海底，彼此的信任和默契是生命的保证，只是没想到姚远和 Hannah 还是遇到了危机。

一开始，姚远和 Hannah 按照计划潜入鳕鱼洞，一切顺利。可几十分钟后，Hannah 被困在了一个珊瑚洞里，一阵挣扎，她的氧气管被礁石割断了。当时的情况万分危急，她向姚远发出了呼救信号。姚远见状，忙拉动急救绳向海面发出急救信号，又赶紧向 Hannah 游了过去，见她已经没有了氧气，就不假思索地取下了自己的氧气罩，给 Hannah 吸了几口，又塞回自己嘴里。可由于下潜太深，一个氧气瓶完全不能支撑两人返回。姚远拆卸了 Hannah 的多余装备，拽着她奋力往海面游去。由于严重缺氧，Hannah 一度失去了意识，姚远就将自己嘴里含着的氧气传给她。没多久，两人肺部的氧气也用完了，姚远凭着残存的意识抱着 Hannah 往上游。Hannah 似乎先呛水了，姚远随之也失去了意识。

姚远苏醒之后，发现自己已经躺在了船上，刚刚恢复意识的 Hannah 也躺在他身边，多亏海面救护人员让他们得以生还。激动的姚远和 Hannah 紧紧地抱在了一起，流下了不知是兴奋还是庆幸的眼泪。从那一刻起，姚远彻底爱上了 Hannah。

Hannah 是姚远一直在寻觅的女孩，他们具有近乎相同的兴趣爱好、思维方式，甚至梦想。可姚远还是没向 Hannah 表白，他总觉得 Hannah 完美到自己配不上她。而 Hannah 呢？她也很喜欢姚远，也没有明确说出自己的想法。两人就那样心照不宣地去了澳大利亚，游遍了著名景点，更是同吃同住。或许在别人眼里，他们已经是一对沉浸在热恋里的情侣了吧。

姚远和 Hannah 爱旅游，爱音乐，也很怀旧。他们一起看美国电影《在路上》，一起讨论颓废和自由，也彼此坦诚说出了曾经的爱情，更是得到了共同的感受：不能受制于现实，不愿意为另一半所约束，更不肯安稳地生活。

也许是经历了过多漂泊和没有结果的爱情，而且已经年过三十，姚远看着 Hannah，开始渴望安定了。他希望能和 Hannah 一起生活，一生厮守，可就在姚远盘算着未来时，Hannah 说她要离开了。

她看着姚远的眼睛，平静地说："姚远，我是一个在路上的人，不会为谁停留。"

姚远目光呆滞地看着 Hannah，觉得那场景似曾相识，只好报以一丝苦笑。自己又何尝不是呢？当年，他没有为江燕停留，现在又能用什么理由挽留 Hannah 呢？姚远爱她，就更不愿让她为难。

临别前的那个夜晚，Hannah 学会了伍佰的《晚风》，轻轻地唱着"慢慢吹，轻轻送，人生路，你就走……"，两人喝着酒，天将亮时才睡去。等姚远睁开眼睛，Hannah 已经离开了。

Hannah 走了，没有留下地址，姚远只有她的手机号，就在每天 10:00 准时发给 Hannah 一条信息，或是季节提醒，或是一句问候，或是一段音乐，连续发了长达一年。Hannah 偶尔回复几个字，可姚远还是每天发，与其说是诉说，不如说是自言自语，那已经成了他的习惯和寄托。

姚远知道，她一直在路上；他也一样，一直在路上。

那些日子里，姚远也试着通过认识不同的女孩让自己忘掉 Hannah，可每当他冷静下来，最牵挂的人还是她。

9

一天，姚远忽然收到了 Hannah 的短信："我在北京，你在哪儿？"

姚远惊讶得不能自已，几乎不敢相信那是真的，他一直以为自己来去无踪，足够潇洒，没想到 Hannah 比他还要疯狂，说来就来，说走就走。他怕自己抓不住风一样的 Hannah，立刻订了最近的一班飞机飞去了北京。

在约好的酒吧门口，他们毫无顾忌地拥抱、亲吻。

Hannah 一脸深情地看着姚远，说："我想你了！"

"以后别再离开我了！"姚远说。

"以后我们不再分开了！"

他们一直在追寻远方，历尽一切沧桑后，发现自己所追寻的远方，就住在目之所及的爱人心里。

射手座：反向作用

　　射手座容易给人盲目乐观、爽朗自信的印象，因为环境很容易引发射手座的自我冲力，他们会不顾一切地向正前方冲刺，最常见的就是游玩。如果自我冲力发挥在精神层次上，他们就会突破原有的思想局限，不断击发目标，具有漂浮、游荡的特性。

　　射手座的自信里也潜藏着无奈和逃避，每当真正面对人生的时候，他们的承受力很低，就不得不扮演"假天真""假乐观"。射手座也希望遇到一个了解他们的人，但他们的开心和粗线条总会令人产生错觉而不够信任。

　　射手座习惯忽略或隐藏问题，也不愿被约束，宁可先定规矩，但最先打破规矩的人往往是他们自己。

天生依赖

1

冯幼成的暴食症很严重，一失恋就会不顾一切地吃完视线里任何可以吃的东西。那天，遭遇了第六次失恋后，冯幼成走进了深夜书店，在角落里坐下来，问Mirror："你们店里还有什么吃的吗？"

"布丁、提拉米苏、原味芝士，还有巧克力慕斯。"Mirror说。

"还有汉堡！"宿在蛋糕房里喊。

"哦，对，还有我们最近新推出的汉堡。"Mirror补充道。

"汉堡？"冯幼成顿了顿，说，"就要它吧。"

"超级巨无霸鸡腿堡？很大的。"Mirror担心冯幼成吃不下。那款超级巨无霸鸡腿堡是宿专门为姜凡设计的，因为他非要和Mirror打赌，说自己能一口气吃掉四个汉堡。为了戏弄他，Mirror

软磨硬泡地让宿增加一款巨无霸汉堡，结果姜凡最后连一个汉堡也没吃完，倒便宜了贪吃的 Max。

"我就是要大的啊，怎么了？"冯幼成不悦地看着 Mirror。

"哦，没事，我知道了。"Mirror 一边说一边往本子上记，又补充了一句，"您还需要点……"

"我要六个。"没等 Mirror 说完，冯幼成补充道。

"六个？六个什么？"

"巨无霸汉堡啊。"

"啊？您是要打包吗？还是一会儿会有朋友过来？"

"不打包，我自己吃。"

Mirror 惊呆了，忙向冯幼成解释："您可能不清楚，巨无霸汉堡确实比较大，一般人连一个也吃不下，您确定要点六个吗？"

"废话怎么那么多，去做吧。"

"好吧。"Mirror 一脸无辜地走向蛋糕房。

"给我多加点沙拉！"冯幼成补充道。

"好！"

冯幼成随手拿起一本美国心理学家布莱恩·魏斯写的《前世今生》看了起来。

没多久，Mirror 就端了汉堡给冯幼成。Max 兴奋地往冯幼成身边凑了凑，似乎准备趁冯幼成吃不下的时候，将剩下的鸡腿占为己有。

"你猜他吃得下那么多吗？"Mirror 小声地跟姜凡嘀咕。

"肯定吃不下啊！"姜凡不假思索地回答。

果然，冯幼成没让众人失望，吃到第三个的时候，他吐了。

"没事吧你？"Mirror 赶紧跑过去递了一盒纸巾。

冯幼成擦了擦嘴，又塞进去一口汉堡，哭丧着脸说："你们加的沙拉也太多了。"说完他又哭着吃起了汉堡，还不清不楚地说："再要一杯奶茶。"

"他一定是疯了！"Mirror 低声向姜凡吼了一句，就进了蛋糕房。

冯幼成确实疯了，不过，他也只在失恋的时候发疯，每一次失恋的记忆比恋爱还要刻骨铭心，因为失恋的次数决定了他的暴食仪式。

第一次失恋，陪他悲伤的是一只烤全羊；第二次失恋，他吃了两只两公斤重的澳洲龙虾；第三次失恋，他选择了自家楼下的火锅单人餐，还伸出三根手指，告诉服务员，"三份"；第四次失恋，他吃掉了四只兔子；第五次失恋，冯幼成决定看破红尘，三天两头就往郊区的寺里跑，谁知吃了五个榴梿，在医院里躺了一个月；第六次失恋，他向 Mirror 要了六个超级巨无霸鸡腿堡，现在已经将三分之一吐在了身旁的垃圾桶里，Max 失望得直摇头。

"失恋的人回忆曾经的点点滴滴，就是一副令人作呕的样子吧。"刚吐完，冯幼成又往嘴里塞满了汉堡。

"那什么，别文艺了呗。"Mirror 看着可怜的冯幼成，说。

"看他的样子，不但伤心，还很伤胃。"姜凡开着玩笑。

"伤胃还好，可以吃药，伤心的话，怎么办呢？"冯幼成问。

"喏！"姜凡指着身旁的宣传板——深夜咨询。

冯幼成看了看，苦笑着说："还是算了吧，过几天就好了。"说完，他又啃起了手里的汉堡，旁边的 Max 已经无聊得睡着了。

2

自那之后，冯幼成经常出现在店里，不是随意翻书，就是看着电脑发呆，还总戴着一副耳机，沉浸在自己的世界里，一副不愿被人打扰的样子。不管店里发生了什么，他连眼皮也懒得抬一下。

"你猜他是什么星座？"一天，姜凡偷偷地问 Mirror。

"冷兮兮的，一定是水瓶座。"Mirror 玩着电脑，头也没抬一下。

"喂，我怎么感觉你现在比他还冷？客人懒得说话，你也怎么懒得说话？我得跟宿反映一下。"

"我怎么懒得说话了？" Mirror 看着姜凡问。

"你说话的时候看也不看我一眼，一点互动的感觉也没有。"

"哦，行，那我觉得他是水瓶座，你觉得他是啥星座？行了吧？" Mirror 面无表情地看着姜凡，说完继续低头摆弄起电脑。

"错！大错特错！他一定是巨蟹座！"姜凡兴奋地说道。

"为什么？巨蟹不是很暖的吗？"

"那得分跟谁，而且……"姜凡想了想，说，"水瓶座哪有那么爱吃！"

"好吧。" Mirror 对姜凡的猜测毫无兴趣。

其实，姜凡说得没错，冯幼成确实是巨蟹座，也的确喜欢食物，也许目前唯一能让他快乐的就是食物了。几天之后，冯幼成开始叫外卖，或在家做一些美食拿到店里和大家分享。贪吃的 Max 又开始喜欢他了，经常围着冯幼成蹭吃蹭喝。

那段时间，冯幼成几乎成了店里的标志性人物，只要往一楼最深处看去，他总是静静地窝在角落里黯然神伤，从不和别人交流，似乎也不需要安慰，只是默默地进行着自我消化，直到一天，一个弹吉他的小孩坐在了他的面前。

3

那时候，街边经常会有一些乞丐沿着店铺乞讨，比较常见的开场白往往是"行行好吧"，稍微"高级"一些的乞讨者会说一个悲惨的故事或几句吉祥话。小男孩则不同，他的方式是拨弄着吉他唱歌，之所以没说弹奏，是因为他的确是乱拨一气，毫无章法可言。吉他的六根琴弦在他的手指下乱颤，制造出一串一串的噪声。周围的人实在受不了，只好无奈地拿出一点零钱打发他离开，也有一些能忍的仁兄，任其胡弹一气，我自岿然不动，小男孩见状，"弹"得更卖力了，还扯起嗓子喊着不成调的歌。

"进来！"冯幼成向外面的小男孩招招手。

小男孩听到之后看了看冯幼成，不好意思地走进书店。之前，他进过周围的所有店铺，唯独没进过深夜书店。因为姜凡曾和他约定，定期给他一些零钱，但不能进店扰人，他也很守信用，月初在门口拿走零钱和蛋糕就离开了。

那是他第一次走进店里，小男孩环顾四周，里面是他从没见过的摆设，也不敢多看，只是连蹦带跳地跑到了冯幼成面前。冯幼成看了看他，不过十二三岁的模样，头发乱蓬蓬的，斜挎着一个装着零钱的破布兜子，穿着一件沾满油渍和泥土的衣服，依稀能看出那曾是一件绿色的 T 恤，可腿上的裤子已经脏到分辨不出颜色了，黑漆漆的膝盖从破洞里露出来，两只鞋子还不是同一款。

冯幼成很少和人交流，却对眼前的小男孩起了怜悯之心。他在口袋里掏了掏，拿出两百元放在桌子上，说："拿去剪剪头发，洗洗澡，衣服也要洗一洗。"

小男孩惊呆了，他没见过出手如此阔绰的人，又疑惑又激动地将钱抓进兜里，一边鞠躬一边后退着跑出了书店。

没过几天，小男孩又出现在店里，没剪头发，还穿着那身破破烂烂的衣服。进门时，姜凡比了个"安静"的手势。小男孩没理会，径直抱着吉他闯了进去，一站在冯幼成面前，就开始拨弄吉他，惹得店里的人纷纷望了过去。

冯幼成尴尬地问："你怎么没去剪头发？"

小男孩什么也没说，继续自顾自地弹琴。

"好啦好啦！给你！快去弄干净！"说着，冯幼成给他一百元钱，可他还没有要走的意思。

姜凡看到一些顾客要生气了，忙拿了一块蛋糕给他，说："别闹了，赶紧走，不然人家要揍你了！"

听姜凡一说，小男孩赶紧拿了钱和蛋糕跑了出去。

"你完了，他盯上你了。"姜凡看了看小男孩的身影，又朝着冯幼成说。

"他可能也没办法吧。"说完，冯幼成又戴上耳机看起了电脑。

果然不出姜凡所料，没过几天，小男孩又在冯幼成面前"弹"起了吉他，他已经剪短了头发，那身破衣服依然没有换。

冯幼成忍了忍，还是爆发了，喊道："别弹了！"

小男孩见他发怒了，就停了下来，小心翼翼地看着冯幼成。

冯幼成冷静了一会儿，降低了声音问："你会弹吗？"

小男孩摇摇头。

"那你要学吗？"

小男孩又摇了摇头。

冯幼成拿过吉他，用纸巾擦了一遍又一遍，东拧拧，西动动，早就走了音的吉他在他手里焕然一新。

"听着，你弹的是吉他。"冯幼成一边说，一边将吉他抱在胸前，俨然一副要弹的架势，看样子还是个深藏不露的吉他手，姜凡赶紧关了店里的音乐。随着琴弦的一次次颤动，缓缓的旋律从冯幼成的手指下流淌出来。

"是卡农。"坐在姜凡旁的 Mirror 说。

冯幼成弹的是德国音乐家约翰·帕赫贝尔的《卡农》，很多人只在婚礼现场听过钢琴版，没想到冯幼成用吉他也能弹得如此唯美，纷纷放下了书，静静欣赏着曲子。冯幼成却没有察觉到身边的变化，完全沉浸在自己的表演里，一曲终了，人们依然沉浸其中。那个小男孩惊呆了，他从没有听过如此动听的旋律，更没想到那是从专门制造噪声的破木吉他里发出来的。

"现在想学了吗？"冯幼成笑了笑，眼睛眯成了一条缝。

"嗯！"小男孩一个劲儿地点头。

"你学会以后，就不用去讨饭了，知道吗？到时候，别人会主动给你钱的。"

"嗯！"小男孩兴奋地点头。

"明天过来吧，穿干净一些。"冯幼成告诉他。

"好。"

冯幼成没再给小男孩钱，小男孩却异常听话地拿着吉他出门了。

4

第二天，小男孩准时到了店里，头发和脸洗得干干净净，那个要钱的破布兜子已经不在了，身上的衣服很旧却洗得发白，看着还算利索，只是不是很合身，宽大的袖子里勉强能伸出几根手指。

男孩进了门，怯懦地看了看姜凡。姜凡微笑着点点头，还给了他两盘巧克力慕斯。

冯幼成早就在等他了，看到小男孩的眼角是青色的，问道："你怎么了？"

"没……没事，不小心撞的。"小男孩回答。

"你的爸爸妈妈呢？"冯幼成又问。

"我也不知道，我没有爸爸妈妈……"他小声说。

"好吧。"冯幼成叹了口气，又示意小男孩坐下，"以后你要跟我学吉他了，就不要过以前那种生活了，知道吗？"

小男孩看着冯幼成，努力点了点头，眼神里闪烁着兴奋的光芒。

后来，小男孩和冯幼成每天准时在店里见面，又挑在客人少的时候练习。宿经常会让姜凡端一些点心给他们，冯幼成总是一副受宠若惊的样子，离开时总会坚持付钱。

男孩刚学会一些简单的音调，忽然就不再出现了，正当众人纳闷时，他又一身是伤地回来了。

"谁欺负你了？"冯幼成问。

"没……没欺负，就是跟别人打架了。"小男孩说，可谁都看得出他在撒谎。

姜凡托人问了问街坊，竟然得知那一带的乞丐归附近的一个小混混团体管理。那些混混游手好闲，除了吃喝嫖赌、坑蒙拐骗，还要向乞丐收取保护费，如果谁不能如数上交，一顿拳脚就在所难免了。小男孩跟着冯幼成学吉他以后，就没少挨揍，那帮人还扬言要打断小男孩的手，"方便"以后更好地乞讨。

姜凡一直为深夜书店能给失意的人以帮助而自豪，可现在发现那些所谓的帮助只是给一些能到店里求助的人准备的。除了那些人，社会上还有很多像小男孩一样的弱势群体，不仅没有求助的手段和意识，还可能被人们忽略，甚至不得已而被那些邪恶的组织控制。他不敢再深究下去，就和宿商量怎么应对，没想到冯幼成先他们一步出手了，还说要去找那帮人算账。

之后，两人很久没有出现，也没有任何消息，宿还一直担心他们出了什么意外。

再见到的时候，冯幼成和小男孩是一起走进店里的，一大一小两个人背着两把吉他，头上缠着一样的绷带，冯幼成的脸还是肿的。不过，姜凡看得出，他们笑得很开心，那是重获新生一般的微笑。

小男孩确实重获新生了，在冯幼成的指导下，每天专心练琴，还说要开一家自己的吉他教室。冯幼成却没有什么改变，除了和小男孩在一起的时候，依然喜欢独处，喜欢戴着耳机沉浸在自己的世界里，姜凡总觉得他一定藏着一个故事。

一天，冯幼成到了店里，脸色很难看，目光呆呆的。

"怎么了？" Mirror 问。

"我……又失恋了。"

Mirror 掰了掰手指头，问："那……是要七个汉堡吗？"

"不，我想试试别的。"冯幼成指了指宣传板上的几个字——深夜咨询。

5

夜里，冯幼成和宿面对面坐着，宿问："你目前的问题是什么？"

"我很想忘记一个人，可又没法忘记她，每当我决心忘记她，就会记得更清楚，现在我也不知道我自己到底是要忘记她还是记住她了。"

"那要听从你的心。"

"我的心？"

"是的，我们可以试试催眠，也许它能帮到你。"

"只要知道我是否要忘记她就好了。"

"其实，催眠是一种心理暗示，通过催眠让自己进入潜意识，就可以发掘出自己心里的真实想法。只要催眠顺利，很快就能得到答案。"

冯幼成也没怎么考虑就决定试一试。

催眠需要在安静、安全的环境下进行，宿让姜凡关了店门，又吩咐众人不要打扰，可怜的 Max 也被 Mirror 抱到了一边。

姜凡远远地看到冯幼成躺在了宿专门挪好的躺椅上，又听到宿轻轻地说着催眠引导语："现在，将你的身体调整到最舒服的姿势……请将眼睛闭起来……"随着时间一分一秒地过去，宿的声音越来越轻，姜凡和 Mirror 也听不到他在说什么了。

四下安静，只听得到 Max 喉咙里发出的"咕噜"声，Mirror 小声问姜凡："你说，他能忘了那个人吗？"

"忘了？别逗了，他可是巨蟹座。"姜凡说。

"巨蟹座怎么了？"

"他们很恋旧啊，旧衣服、旧照片、旧情人……总是割舍不下曾经的东西，唉……凡人啊。"姜凡故作姿态地叹了口气。

"啊？我说我妈怎么攒了几十年的衣服，现在一件也舍不得扔！她就是巨蟹座！"Mirror 说。

"而且，巨蟹座的人还挺脆弱的，在感情世界里，他们属于易碎品，需要'轻拿轻放'。"

"原来如此……"Mirror 一边自言自语一边点头，两人没再说什么。

"不！"不知过了多久，一声大喊惊破了店里的平静。冯幼成忽然喘着粗气坐了起来，汗珠和泪水顺着脸颊往下流，还惊恐地看着宿。

"宿，怎么了？"姜凡走过去问。

"哦，没事，是催眠过程里的正常现象，一旦遇见违背被催眠者意愿或具有强烈刺激的情况，被催眠者就会惊醒。"

"那你跟他说什么了？"

"我叫他忘记那个人。"宿平静地说。

许久之后，冯幼成终于从紧张的情绪里缓了过来，说道："谢谢你，宿，我已经得到了真正的答案。"

宿说："很多时候，勇敢面对自己的选择，不去逃避，反而是对自己的一种认可。要知道，感情上的逃避，也可能会影响到你的生活。"

"嗯，我知道了！"冯幼成满意地点了点头。

夜里，他吃了点东西，就默默离开了。

姜凡在冯幼成坐过的位置看到了很多吃完的蛋挞锡纸，下意识地数了数："一、二、三、四、五、六、七、八！八个蛋挞？冯幼成是第七次失恋，不是应该吃七个吗？"

姜凡一边想一边在心里发笑："他一定是数错了自己失恋的次

数，哈哈哈——"

6

不久，姜凡将冯幼成在店里的经历发在了论坛里，还补充了一段故事。

狭长的地下通道里，人群匆匆而过，谁也没注意到通道口的角落里还躺着一个男孩。他正靠着墙睡觉，头发乱蓬蓬的，怀里还抱着吉他，身边横七竖八地摆着几个空酒瓶，看样子是个酒鬼。在熙熙攘攘的都市丛林里，消失似乎是他最好的归宿。

忽然，一个女孩叫醒了他："喂！醒醒！喂！"

男孩听见谁在叫自己，费力地挤了挤眉毛，慢慢睁开眼，但眼皮还是耷拉着，只是迷迷糊糊地问："不让睡觉吗？我现在就走。"

他连头也没抬，说着话就起身要走，不小心一脚踩在了空酒瓶上，摔了个四仰八叉，后脑勺还撞在了吉他包上。

"你……你没事吧？"女孩看到他摔了一跤，好像比自己摔了还疼似的，急忙解释，"我不是赶你走的。"

"不是赶我走的？那你打扰我睡觉干什么！赶紧走！"男孩揉了揉后脑勺，自己睡得正香却被打扰，还莫名其妙地摔了一跤，正在气头上。

"我……我是要问你是不是丢了东西……"女孩委屈地说。

什么东西？男孩看了一眼他唯一的财产——吉他，说道："还在啊，我能丢什么东西？"

"你没有一个钱包吗？"女孩问。

钱包？对了！自己还有一个钱包！男孩赶紧掏了掏口袋，除了两张皱巴巴的十元钞票，什么也没掏出来。

女孩笑了一下，拿出一个钱包，说："是你的吗？"

"是啊！"男孩惊讶地问，"怎么在你那里？"

"是我在那个楼梯口捡的。"女孩用手指了指不远处的地下通道出口，又说，"可是里面的钱好像没了，只剩了一张身份证。我看那照片觉得是你，没想到真的是！"

"没事，里面没钱，估计是小偷拿走之后发现没钱，又给扔了，哈哈哈！"男孩笑着说。没想到穷也有穷的好处，那张身份证很重要，因为它的存在，男孩不会经常被警察当成流浪汉关起来，因为他的身份是——流浪歌手。

"什么？你是流浪歌手？"女孩问。

"不像吗？"男孩拍了拍身后的吉他包。

"哦，你一说，还挺像的，那你会弹什么歌？"

"你要听什么？作为报答，我免费送你一首歌，别人听了是要

186

给钱的！”

“我也不知道，你随便弹吧。”女孩往后退了几步，又说，“你先等一下再弹，我马上回来。”

男孩不知道她去干什么了，既然已经醒了，就开始了一天的工作——卖唱。他喜欢自己的生活，自由自在，愿意什么时候唱就什么时候唱，赚了钱就去买酒喝，唯一不好的一点就是自己喝酒太多，赚钱却太少。

男孩坐在通道里自顾自地唱着，路过的人很多，却没有人愿意停下来在吉他包里放一点零钱。

女孩跑着回来了，手里还拿着一个袋子，气喘吁吁地说：“给你吃。”

袋子里是几张馅饼和一杯豆浆，男孩不知所措地问：“为什么给我吃？”

“你一定没吃早饭吧？不吃早饭哪有力气唱歌呢？快吃吧！”

男孩感激地看了看女孩，已经不记得自己多久没吃过早餐了。

“你慢点。”女孩看着他狼吞虎咽的样子，忍不住笑了。

那天早晨，没等女孩说话，男孩就知道自己要弹哪首曲子了。他神秘地说：“弹琴之前，我先给你说个故事吧。”

“好啊！”

"很久以前，一个出身名门的女孩爱上了一个贫苦的钢琴师，可她不敢表白，就假装去学琴，一直默默喜欢着钢琴师。"

"后来呢？"女孩着急地问。

"其实，那个钢琴师也爱上了女孩，还决定写一首曲子，作为向她求婚的礼物，可只写了三分之一，钢琴师就被国家征召入伍了。"

"然后呢？"

"战争期间，钢琴师几次遇险，为了回到家乡向女孩求婚，他一直在鼓励自己坚持下去，终于，他写完了剩下的曲子，也真的活着回到了家乡。"

"两个人愉快地生活在一起了？"

"不，他再也没见过那个女孩。当初，他离开家乡之后，那个女孩就悲伤地自杀了。男孩悲痛欲绝，在她的墓碑前演奏了当初创作的曲子，也就是闻名世界的《卡农》。"男孩笑了笑，眼睛眯成了一条缝，又说，"正巧我会弹，今天你很幸运哦。"

说完，男孩将吉他抱在胸前，闭着眼睛弹了起来。不同于他之前弹的那些曲子，《卡农》的旋律悠扬缓慢，听起来仿佛周围的一切全部静止，所有的声音也忽然消失了，只有它在耳边环绕。

一曲终了，男孩睁开眼睛，忽然意识到自己已经被人群围住了。男孩从没见过那么多人一起听他弹吉他，还有人情不自禁地鼓起了掌，面前的吉他包已经装满了零钱，竟然还有一张一百元！

"你简直是我的幸运星！"男孩没顾及身上的脏衣服，激动地抱住了女孩，两人一起开心地笑着，可他不知道，那张一百元就是女孩趁他不注意放在吉他包里的。

从那天起，女孩经常去地下通道听男孩唱歌，漂亮的她也总能吸引很多路人听歌。或许，她真的是他的幸运星吧。

一天，女孩听说学校乐队在招吉他手，她托了好几层关系，终于成功介绍男孩加入了乐队，队里的朋友还在学校给他安排了一个房间。尽管那只是一个仓库，对男孩而言，已经很好了，他再也不用东躲西藏、风餐露宿，再也不用被街头的混混欺负了。男孩暗下决心，要在乐队好好表现，也一定要报答那份知遇之恩。

男孩表演的时候，女孩一直不忍心打扰。他们从不在别人面前交流，很多人甚至不知道他们认识，还以为女孩只是一个普普通通的听众，但每次台下掌声雷动的时候，女孩就会收到男孩的短信。

"11。"那是男孩在台上偷偷发给她的信息，也是她的名字：伊伊。

伊伊笑着回他"11"，那是她在想他。

人群中，两人相视一笑，没人知道只属于他们的密码。

随着表演的场次越来越多，男孩被更多人喜欢，不同的酒吧甚至抢着邀请他去唱歌。他的出场费越来越高，还有人要给他介绍唱片公司。

"我能养你了，以后你就做我的妻子，在家享福！"男孩说。

"好啊，我要吃大餐！"

"没问题！"

男孩以为自己可以一辈子守护着伊伊，医院的一张诊断报告却打破了他的憧憬——伊伊得了急性白血病。

男孩不敢相信，伊伊却冷静得出奇，什么也没说。

第二天，男孩红肿着眼睛翻出身上所有值钱的东西，包括那张存着所有演出费的银行卡，准备给伊伊看病。伊伊也翻出了自己所有的东西，还收拾好了行李，说要离开他，回老家治疗。

她哭着说："就算死，也要死在家乡吧。我离开以后，你就当我已经死了吧。"

"不！我不让你走！"男孩抱着她说。

"如果你还留我，我就不治疗了，现在就死给你看。"伊伊推开了男孩，说着，将行李扔在了地上，眼神里透露着说不出的决绝。

他怕了，从认识她的时候，他就发现，她言出必行，认准了一件事，就不会改变。

"忘记我最好。"说完，她上了车，又回头说，"对了，你要照顾好自己！每一餐要吃饱！"

男孩做好了一切忘记她的准备，烧掉了所有照片，删除了所有的联系方式，听说开始一段新感情就会忘掉以前，男孩开始了自己的感情之旅。

第一段感情是和酒吧里认识的一个女生，可那个女生觉得他又老实又无趣，没过多久就分手了。男孩没想太多，只觉得不能对不起自己，就独自去吃了一只烤全羊，在心里默念"那是我的第一段感情"。

第二段恋情依然无疾而终，男孩又数着"第二段感情"。

不管是第三、第四、第五，还是第六段感情，他总以为自己会忘掉伊伊，可又没法做到，只能导致自己不停地分手。而每次分手就要狠吃一顿，吃得越饱，数字数得越清楚，他就越无法忘记伊伊，总觉得伊伊还活着，甚至梦见伊伊痊愈了，他又给她弹了那首《卡农》。

7

没错，那个男孩就是冯幼成，属于他的爱情戛然而止，在论坛里引起了不小的轰动。姜凡和宿商量着要替冯幼成完成他的心愿，就在论坛里发出了寻找伊伊的活动。

没几天，一个人进了店门，Max 还用头蹭了蹭她的脚踝，好像在跟老朋友撒娇一样。那是姜凡见过的最白的女生，他一眼就认出来了，那一定就是伊伊！

领着伊伊去见冯幼成的路上，姜凡忍不住哭了。

"你怎么了？"伊伊看着姜凡，诧异地问。

姜凡泣不成声，没有说一句话。

"到底怎么了啊！是不是幼成出什么事了？你快说啊！"

良久，冷静下来的姜凡终于道出实情。他擦了擦眼泪说："其实，网上那段冯幼成找宿催眠的故事是假的，他和你的事情是我们在他的日记里看到的。"

"那他人在哪里？"伊伊着急地问。

分开的那段日子里，冯幼成和伊伊分别创造了一个奇迹：身患绝症的伊伊活了下来，而冯幼成也彻底忘记了伊伊。

那次，冯幼成领着小男孩去找小混混理论，不幸被打成了重伤，一直昏迷不醒。医生说他已经丧失了自主生存的能力，失去了所有意识，只能靠机器维持生命了。

终于，他还是忘记了她。

巨蟹座：仿同心理防御

　　巨蟹座很依赖、看中自己的亲人、朋友，也很容易接受他们的理念和思想，主要在于他们的"根源"情结。

　　巨蟹座恋家，也很有乡土情结。他们吸收周围世界的能量，往往是以自己的"情感范畴"为标准，即选择他认为的"家人"，包括真正的家人、朋友、同学或伙伴，因此，巨蟹座会不断依赖、保护自己的"家人"，也希望"家人"能同样对待他们。

　　在一定程度上，我们可以称巨蟹座的心理为"仿同心理防御"。他们极为敏感，但适应能力很强，面对陌生环境，可以在很短的时间内调整自己。

雅俗之间

1

"受网络文化影响，越来越多的人开始以'女神'称呼自己的爱慕对象……"姜凡刷了刷微博，又回头看了看 Mirror。

周一早晨，店里的顾客不是很多。宿已经几天不见踪影，Max 吃完猫粮就跑出去玩了，姜凡准备趁无聊调戏一下 Mirror，就喊了一声："女神！"

"干啥？" Mirror 毫不犹豫地回答了他，那声音听起来中气十足，一点儿也没有女神该有的"矜持"和"优雅"。

"没啥，你看看，今晚是不是还有一个要借《大英博物馆珍品之旅》的顾客？"

"你等一下，我看看哈。"看来女神没有白叫，平常麻烦她，起码要等一个小时，今天叫了"女神"，倒是雷厉风行了。

"对！叫夏侃，夏侃？瞎侃吗？哈哈哈哈——"说着，Mirror毫无顾忌地笑了起来。

"别笑了，我看到你的后槽牙了，一点儿也不女神。"姜凡说完，Mirror赶紧捂住嘴，低头玩电脑去了。

姜凡若有所思地坐了一会儿，记得那本书里详细介绍了英国博物馆的藏品，有很多是从中国流落到国外的文物。当时他看了很是不平，夏侃却在论坛里说"世界正是通过它们最先了解了中国，国宝丢失固然令人心痛，但也通过另一种方式向世界展示了中国光辉灿烂的文化"，说得头头是道。姜凡以为夏侃对《大英博物馆珍品之旅》了解颇深，没想到聊了几句，他竟然说要借书。嗯，果然能侃。

姜凡将书放在柜子里就出了门，回到店里，已经是晚上九点了。Mirror正坐在吧台和一个男生聊得热火朝天，不用问，那一定是夏侃。

"夏侃？"姜凡走过去打招呼。

"你就是姜凡？"他看着姜凡笑了笑。

"是啊！"

"非常感谢你能借书给我。"夏侃指了指手中的《大英博物馆珍品之旅》，又说，"之前我一直听说过，可总是忘记看，如果没有你的提醒，我可能还不记得看呢。"

"你要感谢她，她是负责做推荐的。"姜凡看了看 Mirror，忽然记起白天叫她女神，又想开个玩笑，就说，"她叫 Mirror，是我的女神。"

"女神？"夏侃看了看 Mirror。

"怎么样？漂亮吧？她是我们店里的一枝花。"

听姜凡一说，Mirror 一下子脸红了，不好意思地说："别听他胡说，我们店里就只有我一个女生，我不是花还能轮到他是花？"

"哈哈哈！你们真是太有趣了，我早就听说店里的前台是位美女，今天见到，果然名不虚传。"夏侃倒是很会说话，也不知道是真心话还是在瞎侃。

沉默了一会儿，夏侃话锋一转，问姜凡："我听说，你还懂星座？"

"是啊，怎么，你也有研究？"夏侃的话勾起了姜凡的好奇心。

"也不是太懂，就是忽然记起了我们学校的那个奶茶店。"

"什么奶茶店？"

"星座奶茶店啊，那里的布置全是星座风格。我上大学的时候，经常去那里玩。"

"是吗？在哪里？如果有机会，我一定要去看看。"

"厦门啊，我就是在那儿念书的，如果那家店还没装修的话，你还能看到我的女神在那儿的留言呢。"夏侃笑着说。

"你的女神？"姜凡纳闷儿地看着夏侃。

"是啊，难道只准你有女神，不准我有吗？哈哈哈！"夏侃说完，看了看 Mirror。Mirror 白了姜凡一眼。

"那你的女神留了什么？"

"说来话长，给我倒一杯喝的，我慢慢说呀。"

姜凡四下看了看，顾客不是很多，暂时也没事，那就听听夏侃的故事吧。他走到吧台后面倒了三杯果汁，就和 Mirror 静静地听起了夏侃瞎侃。

2

说起高中生涯，夏侃就觉得那像一场噩梦。班主任是他妈妈的小学同学，看管得他毫无自由可言，别说出去玩了，就连在班里和哪个同学走得近了，玩得时间长了，班主任都会第一时间告诉他妈妈，导致的后果就是，三年青春时光，夏侃没敢和喜欢的女生说过一句话。那时，他就一直渴望能去一所远离家乡的大学，开始自由自在的生活，趁着离开妈妈，在学校里谈一场轰轰烈烈的恋爱。厦门离家远，风景好，正好符合夏侃心里的所有标准。

进了大学，新鲜的室友、同学、老师、学姐，一切都让夏侃感到好奇和兴奋，一股强烈的冲动逐渐充斥了他的大脑。夏侃决定谈一场恋爱，不然总觉得对不起自己和当时的良辰美景。

于是，夏侃开始寻找心仪的对象，没想到早在军训时，很多男生就"偷偷下手"了，很多女生已经"名花有主"。看着身边的同学出双入对，夏侃总觉得自己怪悲凉的。

每天游走于寝室、教室、食堂的三点一线，夏侃逐渐丧失了刚入学时候的新鲜劲儿，连迎新晚会也没兴趣看下去，趁辅导员不注意，就低头溜出了现场，往校外的一片灯火通明处走去。那里是学生们饕餮的天堂，小店里卖着天南海北的各种美食。那天，夏侃实在没有心情吃东西，只想坐一坐，思考一下人生，就随便进了一家奶茶店，点了一杯奶茶，靠着墙边的位置坐了下来。等奶茶的时候，夏侃四下看了看，发现自己旁边是一面留言墙，花花绿绿地贴满了各种颜色的便利贴，仔细一看，全是学生们的留言。

"放暑假还不赶紧回家的话，跟咸鱼还有什么区别？——刚抢到车票的巨蟹"

"生活不只眼前的苟且，还有远方的狗血！——挂科不开心的射手"

"隔壁班 L 姓的水瓶座女生，放学后一起去看电影怎么样？——狮子王"

"来啊！互相伤害啊！——白羊咩"

"偶然读到了一篇《爱上双鱼座女孩儿》，写得真好，好像就是我。——小双鱼嘤嘤嘤"

"到此打酱油。——射手"

以星座的身份留言，随意写一些牢骚和感慨，还蛮有趣的，夏侃正想着，抬头看到了店里的牌子——星座奶茶店。店里面积不大，除了他以外，还有一个坐在吧台玩手机的店员。夏侃一边喝奶茶，一边漫不经心地浏览着留言墙。

正当他无聊的时候，门口走进一个女生，夏侃瞬间就被她吸引了。那个女生身材修长又纤细，五官精致，留着 Lob 头，穿一身蔷薇花连衣裙，轻声说："老板，一杯水，谢谢。"

她的声音很甜，夏侃觉得自己正处在微醺状态，忍不住低头确认自己喝的是不是酒。奶茶店的风扇发出让人昏昏欲睡的"嗡嗡"声，店员跷着二郎腿继续低头玩手机。那个女孩咬着吸管喝完一杯水，回头望了望门外的点点灯光，明亮的眼睛里似乎写满了浪漫的忧伤。

"女神",夏侃心里冒出了两个字,那颗心又开始躁动了,不禁在心里重复提问:"她叫什么?哪个系的?几年级的?什么星座?为什么只点一杯水……"

幸好,临走前,女孩也往留言区贴了张字条。她前脚出门,夏侃就以迅雷不及掩耳之势拿到了那张字条。

"刚上大学就丢了钱包,连奶茶也喝不起了!充满恶意的世界到底该怎么平衡!——天秤座"

好吧,原来女神不喝奶茶的原因是钱包丢了。夏侃恨自己没有提前认识她,不然刚刚就可以请她喝一杯奶茶了。

那晚,夏侃鬼使神差地在那张字条后面偷偷留了一行字:"你是我见过的最特别的女孩,我们可以认识一下吗?"

为了看到字条上的回复,夏侃每天都要去买一杯奶茶,在那儿坐两个小时。终于,功夫不负有心人,喝了第二十一杯乌龙茶奶盖之后,夏侃在自己的留言下见到了久违的字体:"谢谢!——天秤式微笑"。

夏侃仔细分析了"谢谢"和"天秤式微笑",还是不怎么懂。后来,夏侃看到微信里的"微笑"表情,意识到自己好像被礼貌地拒绝了。

在那之后的两个学期，夏侃还是常去星座奶茶店，但很少见到女神，只是偶尔会看到她的留言。

"天气不错心情好！——天秤座的桃子"

"我更适合天蝎还是天秤呢？——摇摆不定的天秤座"

夏侃看得出，她好像要恋爱了，只好安慰自己：算了吧，女神当然要恋爱了，自己无非是一个无名小卒，只会偷偷看一看人家的留言。

3

"爱因斯坦曾说过，当你遇到解决不了的问题时，就要问问木子。"当夏侃终于忍不住将心里的秘密告诉了室友木子时，木子轻轻拍了拍夏侃的肩膀，意味深长地说。

木子是个学渣，因为不愿意被叫"桃木剑"的外号，就不喜欢别人叫他的全名——陶木。陶木沉静的外表下隐藏着一份不羁的情怀，也总能吸引周围的同学成为朋友，更奇怪的是，如此优秀的他，竟然还没有女朋友。

夏侃急切地问："难道你认识那个女神？"

"谁不认识校花啊！她叫陶睿。"

"陶睿？我怎么就不认识？"

"在哪里发生的故事，就要去哪里寻找答案。"木子神秘地笑了笑，就悠悠然地走了。

夏侃思考了半天，明白了他的意思，既然他们是在星座奶茶店遇见的，那就用星座的方式解决问题。

夏侃特意从同学手里借了一本年龄比他还要大的星座书，那书破破烂烂，还被人撕了很多页，幸好给天秤座留了个"全尸"。

"天秤座气质优雅随和，要求平等，缺乏安全感，因为很在意别人的看法，一般不是很自信。实际上，他们经常会低估自己的能力，一旦受到鼓舞和赞美，他们的能力将会完全迸发，因为他们是希望受到夸奖的星座……"

夏侃开始像学者一样钻研天秤座的个性，思考什么样的人才能得到陶睿的喜欢，可没等他研究明白，陶睿恋爱的消息先一步到来了。

4

陶睿的男朋友是学校足球队的张建，是那个曾领着校队打进了全国十强的守门员兼队长，更是被全校同学羡慕的偶像。现在，他又多了一个角色——陶睿的男朋友。

夏侃很难过，又安慰自己："女神总该匹配优秀的人，不是吗？更何况张建也是天秤座，他们一定志趣相投，算得上天造地设了。"

此后，夏侃几乎每个月就有三十天没精神上课。

"唉，可惜了。"夏侃唉声叹气地发出感叹。

陶木又笑着说："领袖丘吉尔曾说过，没有永远的敌人，也没有永远的朋友！"

"嗯？"夏侃不解地看着学渣。

学渣给了夏侃一拳，说："自然就没有永远的恋人啊！笨蛋！"

夏侃脑子里转了一个 180° 的弯，心中一阵大喜，忙问："也就是说……他俩分手了？"

"暂时还没有！不过，我听说张建和舞蹈社的小学妹好了！今天我要去替桃子报仇！"一向笑嘻嘻的陶木，竟露出了一丝愤怒。

"等等！我没听清，你说要替谁报仇？"

"桃子啊！"

"桃子？桃子是谁？"

"桃子就是陶睿啊！"陶木也一脸诧异。

"你叫我的女神桃子？谁给你的权利？你还要替她报仇？"

"我为什么不能叫？"

"等等！陶睿？陶木？你叫她桃子？"夏侃将了一会儿，说，

"哈哈哈！你该不是要告诉我，你是她哥吧?！哈哈哈哈——"

"当然不是了。"陶木一脸冷漠。

"那你叫她桃子？"

"我是她弟。"

"……"

良久的沉默后，夏侃脑子里一片混乱："陶木是陶睿的弟弟？我跟陶木说了一年我喜欢他姐姐？天哪！"

没等他缓过神来，陶木又"补了一刀"："你不知道吗？"

"……"

夏侃脑海里浮现出各种过往的画面，觉得又混乱又丢脸，冷静了好一会儿，又问陶木："你说要给你姐报仇，怎么报？"

"别跟我套近乎啊，我要去找那个舞蹈社的小妖精谈一谈。"

"哟！那你可得控制住自己啊！千万别动手！万一打了人，那可就闹大了！"

"我心里有数。"

"哎呀我的弟弟啊，到时候可由不得你了，看在咱们既是同学又是室友的面子上，我决定陪你去，给你壮壮声势，顺便控制一下你的情绪。"夏侃说着，又搂住了陶木的脖子。

"你说得也有道理。"陶木挠了挠头，说，"今天下午三点，星座奶茶店，一起来吧，我姐也去！"

陶睿也去？夏侃心里乐开了花，觉得上天终于给了自己一个机会，不停重复着"不见不散"。

下午，夏侃和陶家姐弟早早就到奶茶店等着那个"小妖精"，那也是夏侃第一次和陶睿近距离接触。看得出陶睿心情很复杂，一直在竭力控制自己，尽量让自己显得平和、优雅。不知名的幸福感包裹了夏侃，他不得不一直在心里重复："冷静！冷静！控制！控制！"

"一会儿不知道会发生什么，你只需要安静坐着，撑足气场，剩下的就看我们俩的表演吧。"陶木说。

陶木早就在寝室里研究了计划，他准备让陶睿先骂个狗血淋头，自己再好言相劝，让"小妖精"回头是岸，不要干涉别人的感情，从此弃暗投明，重新做人。

怎么说呢？简直糟透了，说是要替姐姐报仇，自己却充当了老好人的角色，夏侃暗暗为陶睿不平，而且一想到优雅高贵的天秤座要亲自手撕"小三"、破口大骂，夏侃就觉得怪怪的。

不一会儿，那个舞蹈队的"小妖精"进了门，颇有点单刀赴会的气势。夏侃不敢乱说话，只好假装喝奶茶，静静地等着陶睿的爆发，可周围的空气就像凝结了一般，陶睿只是一言不发地看着情敌，气氛一度很尴尬。

终于，陶木忍不住了，偷偷踢了陶睿两下。陶睿猛吸了一口奶茶，看起来就像一座蓄势待发的火山，可一开口，就没了气势："你，你，如果你还有自尊心的话，就请你以后不要再骚扰张建！"

陶睿眼里露出一丝愠怒，眉头皱了一下，很快又恢复了平静，那是她第一次说完"请"没用"谢谢"结尾。

"噗！咳咳咳——"夏侃惊呆了，乌龙茶几乎是从他的鼻子里喷出来的，陶木又手忙脚乱地给夏侃递纸巾，三个人保持了二十分钟的气场，在陶睿说话的那一刻，破功了。之后的场景更是令人无语，陶木替桃子破口大骂"小妖精"，桃子在旁边劝弟弟不要动手，夏侃则一个劲儿地咳嗽，鼻涕和眼泪一起哗哗地流。

"小妖精"也不甘示弱，像机关枪似的反问："张建和你领证了吗？张建是你的私有财产吗？你要是厉害，就叫张建不要理我！张建愿意爱谁是他自己的事情，你我公平竞争。"

她理直气壮地说完，就利落地走了，没走几步，又回看了一眼陶睿，眼神里写满了挑衅和鄙视。

陶睿看了看"小妖精"的背影，又看看陶木和夏侃，显得无助又可怜。陶木更是双手一摊，又耸肩又摇头，一副"哀其不幸，怒其不争"的样子。夏侃呢，被一口奶茶呛得还没缓过劲儿，只是一边咳嗽，一边庆幸自己的机会要来了。

"夏侃，谢谢你陪我们。"陶睿一边结账一边道谢，无奈地笑了笑就转身走了。

5

"其实，心里也会说'臭不要脸的'，可一开口就只能那么说，太不公平了！巴不得弟弟能背着我揍她一顿，实在难受。——失败的天秤"

几天后，夏侃在留言墙上又看到了陶睿的字条，当时就准备去"修理"一下"小妖精"，可冷静了一下，又觉得如果"小妖精"离开了，陶睿岂不是又要和那个踢足球的重修旧好了？于是就放弃了"打抱不平"。

回到寝室，夏侃又翻开那本快被他翻烂的星座解析，发现陶睿的反应很符合天秤女孩的逻辑。她不会做什么出格的事，更要坚持平衡原则，即使摇摆，也不会超过一定范围，而且，她无法面对正面冲突。

深思熟虑之后，夏侃回到奶茶店，在陶睿的留言后面加了一句口是心非的话——"感情不能强求，随遇而安未必不好"。实际上，他巴不得陶睿赶紧分手！

终于，在夏侃的默默祈祷下，陶睿和守门员分手了。听说是陶睿哭了两个晚上，主动提出的分手。

夏侃忽然停了下来，喝了一口果汁，问姜凡："星座只是骗小孩子的吗？两个追求平衡的天秤座，不是应该很合得来吗？我到现在也不是很明白他们为什么分手。"

姜凡说："或许是因为他们追求平衡的原则不同吧，甚至一开始就是背道而驰的。一样的星座只能保证两个人的行事方向类似，但细节才是决定成败的关键，所以没有绝对匹配的星座，也没有绝对不合的星座。只有互相扶持、理解和尊重，爱情才能长久。"

"'为了不让你伤心，伤了我的心。——天秤座'，是陶睿和张建分手后留下的字条。"夏侃回忆道。

姜凡若有所思地说："为了平衡，她选择了'牺牲自己'，维护对方，可是表面的和平意味着心里还隐藏着更大的冲突，她的压力正源于此。"

"确实是，陶木告诉我，那天下午在奶茶店见'小妖精'的事，陶睿一直没告诉张建。"

6

夏侃和陶睿渐渐走近了，发现要"乘虚而入"的不只是他，学校的男生们就像是傍晚闻到了血腥的蝙蝠，纷纷围绕在陶睿周围。夏侃就以自己是陶木的朋友为借口，扮演起了保护陶睿的角色，一个个地赶跑了那些男生。

"谢谢你，夏侃。"陶睿还是那么礼貌，反而让夏侃觉得自己和女神的距离更远了，就像永远隔了一层看不见的玻璃墙。偶尔，夏侃也会觉得自己是幸福的，毕竟他是男生们嫉妒的对象，也可以随时随地约陶睿玩，而且，陶睿渐渐拿他当朋友了。

一天，夏侃决定要向陶睿表白，就叫了陶木，幽幽地问："咱们是不是哥们儿？"

"是啊，怎么了？"

"那你希不希望你姐好？"

"我姐挺好的啊。"

夏侃的思路被陶木的回答打断了，他停顿了一下，又说："那你希不希望你姐以后更好？"

"希望啊，怎么了？"

"那你看啊，如果我当你姐夫，你姐是不是能更幸福？"夏侃一脸坏笑地说。

"滚！不要脸！"

"别价啊，兄弟！就帮我一回嘛！如果弟弟成了您姐夫，愿意给哥哥您当牛做马！"夏侃一脸恳求地说。

什么哥哥弟弟姐姐姐夫的？怎么论的大小？陶木一时没反应过来，伸手拍了拍夏侃的脑袋，说："你是不是傻了？"

"就让我变成一个沉迷爱情的傻子吧！求你了。"夏侃又滑稽又委屈地说，无奈的陶木只好答应了。

周日，陶木告诉姐姐："朋友给了三张电影票，一起去看电影吧。"当然，那是夏侃的主意。

"三张？就咱们两个人去？"陶睿在电话那头问。

"哦，我还不知道叫谁呢，就先问问你。"

"我有时间啊。"

偷听的夏侃兴奋地挥了挥拳头，又被陶木推开了。

陶木心平气和地说："哦，那就晚上一起去吧。"他顿了顿，又故作随意地说："欸，姐，要不我问问夏侃？"

"随便啊。"

"那我问问他，咱们晚上七点在学校公共服务区的那棵榕树下集合！"

"好的，不见不散。"

电话刚挂，夏侃就高兴地跳了起来，莫名其妙地抱着陶木唱："感谢天，感谢地……"

7

夏侃知道陶睿不喜欢迟到的人，就准备早早到榕树下等着，没想到陶睿比自己到得更早，一时让他措手不及。

"嗨。"陶睿穿着长裙在树下冲他摆手，夏侃径直走了过去。

"陶木呢？他没跟你一起？"

"没有啊，不知道他跑哪儿玩去了。"当然，这是夏侃设计好的台词。

"好吧，那咱俩等会儿吧。"陶睿看了看时间，还差十五分钟就到七点了。

两个人尴尬地坐着，不知道该说些什么，眼看着时间一分一秒地过去了，陶木还没有出现。陶睿似乎着急了，就给他打了电话："喂，陶木，说好的七点集合，你人呢？"

"姐，我临时要处理点事，你们先等我一下，我尽快过去！"说完，陶木就挂了电话。

陶木"临时有事"也是夏侃安排好的，可陶睿不知道，还傻傻地等着弟弟给他们送票，结果等到了七点半，还不见他的影子。

夏侃心里暗暗得意，还装作很自然的样子，拿出了自己的iPad，"不经意"地说："我这里正好下载了电影，要不咱俩边看边等吧。"

"好吧。"陶睿无奈地答应。

夏侃小心翼翼地拿出耳机，那是他特意为了约会买的，花了两个月的生活费，就连电影《左耳》也是精心准备的。据说，那部电影还在他们学校的榕树下取了景。为了浪漫之夜，夏侃可谓是绞尽了脑汁。

夜色中，两人安安静静地坐在榕树下看电影，分享同一副耳机。厦门秋夜的凉风吹过，只穿着裙子的陶睿忍不住抱了抱胳膊，夏侃赶紧脱下自己的外套给陶睿披上，陶睿竟然没有拒绝。

夏侃用余光看着陶睿，回想起第一次见到陶睿的那个晚上。那个时候，他怎么也不会想到自己能和她一起并肩坐在榕树下看电影，尽管一切只是自己的鬼点子，可他觉得那么真实而不易。

"后来呢？"姜凡忍不住问他。

"后来……"夏侃挠了挠后脑勺，说，"后来……天太晚了，电影还没看完，我就送她回寝室了。"

"切，尿包。"姜凡忍不住骂了他一句。

"你不懂！当时那种情况下，真的很难开口。"

"那么浪漫，怎么开不了口？"

"浪漫倒是浪漫，主要是……我忽然意识到，我们太熟悉了，我怕最后连朋友也做不成。"

"借口！"Mirror 咂咂嘴，说，"人家那么晚还跟你在树下看电影，肯定对你有意思啊！"

"唉，后来我也后悔过，可是……不是'得不到的往往是最好的'吗？"

"那你们毕业之后呢？还有联系吗？"

"我就来南京了，然后……她也来了南京。"

"什么？"Mirror 大吃一惊，问，"她是为了你来的吗？"

"我……我不知道。"夏侃不好意思地说。

"要不哪天你和她一起来，我们给你出个好主意怎么样？"Mirror 自信地说。

"真的吗？"

"不瞒你说，我们深夜书店现在快成婚姻介绍所了，在店里成功牵手的可不止一对两对！"

"是吗?！那我今天可真是来对了！"夏侃兴奋地看着 Mirror。

"放心吧！包在我身上，哪天我们一起做个详细的计划！"Mirror 自信地说。

一旁的姜凡灵机一动，说："夏侃，要我说吧，你就是太屄，就算让 Mirror 帮你，你也没戏！"

夏侃不服气地说："那你告诉我，怎么才能不屄？那可是我的女神啊！我怎么敢跟她表白？"

姜凡一乐，说："看着哈，我教你。"

他回过头，用梁朝伟在电影里的忧郁眼神望着 Mirror，压低喉咙，低声说："女神，我爱你。"

Mirror 听了，浑身一哆嗦，忙说："天哪，你可放过我吧。"

"女神，我爱你！"姜凡继续说。

"我拜托你，别开玩笑了，行吗？"

"女神，我爱你！"姜凡依然不依不饶。

"好！我也爱你，行了吧！您行行好，别说了！"Mirror 双手合十，朝姜凡拜了拜。

姜凡一脸陶醉地看着夏侃，问："学会了吗？"

夏侃点点头，说："学会了。"说完，他拿起那本《大英博物馆珍品之旅》要走，临出门又留下一句话："表白的事儿，我还是和陶木商量商量吧，你还没他靠谱呢！"

天秤座：移置作用

　　天秤座以温文尔雅著称，而现实世界的残酷往往会令他们将心理的矛盾转移到别的领域。

　　面临一件亟待解决的事，天秤座可能会将自己的焦虑转移给外在的事物。如果身边没有合适的事物，他们可能又会依赖某个人的意见，结果往往是因为别人的意见和自己的决定产生了冲突而更加犹豫、焦虑。如果他人的意见与自己的观念吻合，天秤座可能又会产生新的疑问。长此以往，他们就容易给人一种无法接受任何形式的失衡、优柔寡断、举棋不定的印象。

多面如我

1

深秋的南京，夜晚总飘着丝丝凉意，姜凡随手从沙发上抓了一件外套，边穿边走到店门口抽烟。那件外套也算保暖，可风中的寒意还是止不住地扑上身。又是一年要结束了，夏天历历在目，冬天就要悄然而至了。除了哀叹光阴匆匆，姜凡更为自己没什么进步而忧伤，似乎每天除了睁眼、吃饭、上班、下班，回家看着电视发呆又睡去，就没有什么记忆了。平时明明已经被琐事忙得晕头转向，可回头看时，总不知道自己忙了些什么。

"真冷啊。"姜凡忍不住打了一个寒战，又猛吸了一口烟，烟圈瞬间就随着秋风在空气里消散了。红彤彤的烟头越来越暗，姜凡叹息一声，刚要进门，一个年轻女孩和一位老人向店门口走了过来。

"应该就在附近。"那个女孩低着头，边说边看着手机导航。即使在幽暗的夜色里，姜凡依然能看出她的穿着很时尚，一个装饰着黑色铆钉的双肩包、一顶棒球帽、做旧的牛仔衣和黑色的破洞裤，无一不在显示着她的独特个性。

那个老人却只穿着刚遮到膝盖的短裤和一件短袖汗衫，手里还抱着一个破布袋子，边走边忍不住地发抖，看样子，应该是一个流浪汉。

两人的脚步最终在姜凡面前停下，女孩看了看他，问："您好，请问是深夜书店吗？"

"是啊，怎么……"

"哦，那就对了！谢谢。"没等姜凡说完，那个女孩就抢着回答了一声，拽着老人绕过姜凡走进了店里。

他们是干什么的？姜凡疑惑地看了看，紧跟着进了门。

刚进门，那个女孩就欣喜地往吧台跑，连身旁的老头也不顾了，还兴奋地喊着"Mirror！Mirror！"一时间，很多顾客将不悦的目光投向了她。她似乎意识到自己打扰了别人，立刻做了个鬼脸，笑着看向 Mirror。

Mirror 也惊讶地看着她，刻意压着兴奋的声音，说："小蕊，你怎么来了？"

"之前不是你叫我找你的吗？说在一家二十四小时不关灯的店里工作。"说着，小蕊摘下了头顶的棒球帽，兴奋地环顾四周，感叹道，"装修挺不错嘛！"

灯光下，姜凡看到她的额角还有一块形状不规则的紫斑，小小的，像一块胎记。面部长了胎记往往不是很好看，可小蕊的胎记好像不那么碍眼，反而很可爱，或许她不在乎那些，就连一点遮掩的刘海儿也没有留，反而显得更自信了。

小蕊兴奋地跟 Mirror 叙旧，一双眼睛不停打量着书店，仿佛店里的一切都是新鲜的。

"你可小半年没跟我联系了，最近还好？"Mirror 问，语气里似乎含着一丝疼爱和关心。

"嗨！别提了！去东京工作的那段时间实在是太忙了，压力也大，没时间跟你联系啊。"

"切，借口。"Mirror 假装生气地看着她。

小蕊立刻张开双手，撒娇似的说："哎呀，你别怪人家嘛，我不是刚下飞机就跑来看你了嘛！"

"那快抱抱吧。"Mirror 则像姐姐安慰淘气的妹妹一样抱着她，轻轻拍着小蕊的后背。没抱一会儿，她又一下子推开了小蕊，盯着她的眼睛说："你说你没跟我们联系？任何人也没联系吗？"

"是啊，怎么了？"小蕊一脸无辜地看着 Mirror。

"小超结婚了。"Mirror 压低了声音说。

"什么?!"小蕊吃了一惊，很快又恢复了平静，说："蛮好的。"

她顿了顿，又轻声重复了一遍："嗯，蛮好的。"

Mirror 看着小蕊，安慰似的说："前一段时间，我准备告诉你的，可又不知道该怎么说。"

"没事，我挺好的，真的！我还给你带礼物了呢！"说着，小蕊从包里翻出一个包装精美的盒子。

Mirror 小心翼翼地拆开包装，惊喜地说："啊！是和服！"

盒子里是一套精美的紫色和服，Mirror 最喜欢的颜色就是紫色，看来小蕊没少做功课。"谢谢你！"Mirror 边说边展开和服，在身上比着，又回头问："姜凡，你看漂不漂亮？"

"你喜欢，那就漂亮呗。"姜凡说。

"切！没劲！"Mirror 白了他一眼，又恍恍然似的说，"哦对了！我差点忘了！他叫姜凡，是我的同事！"

"啊，原来你是 Mirror 的同事啊，刚才我还以为站在门口鬼鬼祟祟的是谁呢。"小蕊笑着说。

"鬼鬼祟祟吗？"姜凡挠了挠头。

"怎么？你们认识？"Mirror 不明所以地看着两人。

"不，不认识。"小蕊解释道。

Mirror笑着说："切，看样子你还和以前一样能聊。姜凡，她是我高中、大学的同班同学，也是我最好的闺蜜张小蕊，典型的双子座呀，任谁也能聊到一块儿。"

Mirror顿了顿，又补充了一句："你可别欺负她！"

"双子座？怪不得如此活泼啊！放心，我绝不会欺负她的，你的朋友不就是我的朋友嘛！既然到了店里，就一定要让她感到宾至如归。"

姜凡又一脸献媚地看着小蕊，说："妹子！以后遇到什么问题就问哥，就像回家一样，千万别拿自己当外人！"

"家？"小蕊好像忽然记起了什么重要的事，一拍脑门，说道，"哎呀！光顾着跟你们聊天了，我怎么忘了正事！"

"什么正事？"Mirror和姜凡不解地问。

小蕊没回答，回身将那个抱着破布口袋、在门口站了半天的老头领了进来，说："就是他。"

"嗯，他怎么了？"Mirror打量了那老头一眼，没明白小蕊是什么意思。

小蕊像个小孩，漫无边际地说："我是在路上遇见他的。当时他正蜷在树下一动不动，我还以为他死了呢，吓出一声叫，没想到还给他吓了一跳，哈哈哈哈——我看他穿那么少，怪可怜的，就和他一起来了。"

"真有你的，第一次到我们店里，就敢领他过来？"Mirror 说。

"那怎么了？你们不是二十四小时营业的吗？晚上多一个人能怎样？"

小蕊看了看老头，又说："我看你们地儿也不小，还有二楼，不然明天我给他买顶帐篷放在二楼，以后晚上他就在店里住吧！"

姜凡心想：可真是一个活脱脱的双子座啊，她觉得生活就是一场好玩的游戏吧？

Mirror 拽着小蕊说："别啊！你可千万别！我的大小姐，算我求求你了，又不是我的店，你可别胡来啊！唉，多少年了，你怎么一点也没变呢？"

"哪儿没变？"

"说话做事从来不走脑子。"Mirror 用手指杵了一下小蕊的额头。

小蕊还嘴道："哪有！我说得没道理吗？再说了，人家不也是出于好心吗？那现在怎么办？总不能见死不救吧？"

姜凡看了看可怜巴巴的老头，从进门开始，他连一句话也没有说过，可能是冻坏了，也可能是觉得害怕，就像一只被遗弃的小狗，只能沉默着听天由命。

Mirror 叹了口气，又瞄了瞄通往二楼的楼梯，说："能怎么办？唉，让他到上面睡吧，不要打扰到别人。"

"真的吗？太好啦！"小蕊开心地抱着 Mirror 转了一个圈，回头得意地说，"看吧，我就说过，跟着我准没错吧？"

"嗯嗯。"老头一个劲儿地点头道谢。他终于不用忍受寒风了，而且，在深夜书店里睡觉比露宿街头安全了不止一个等级，那原是流离失所的他不敢奢望的。

不一会儿，老头就躺在沙发里睡着了。小蕊端了一些食物和水放在他的身边，又轻轻盖了一条薄被。

其实，店里也有不少和老头一样的流浪汉。没人知道他们白天会在哪里，经历什么，吃些什么，一到深夜，他们就会挎着小包小心翼翼地走到二楼，安静地度过一晚，早晨又会悄悄离开，消失在街边匆匆而过的人海里，不留下一丝痕迹，也不打扰客人，宿就默许他们借宿了。

小蕊刚回国，还没有住处，也在店里借住了，每天像亲姐妹一般和 Mirror 同出同入，仿佛又回到了形影不离的学生时代。

她浑身透着一股双子座的机灵劲儿，参加了 Mirror 在论坛里组织的脑筋急转弯比赛，竟连续拿了四次冠军，以至没几个人愿意和小蕊一同比赛了。Mirror 只好取消了活动，无奈地改成"小蕊教你急转弯"。自那以后，店里的人气又飙升了不少，不管和谁聊，小蕊总是一副游刃有余的样子。

晚上，店里安安静静的，一阵窸窸窣窣的声音忽然从角落里传了出来。一开始，姜凡以为自己听错了，就没在意，过了一会儿，那声音越来越大，Mirror 也觉得奇怪，警觉地喊了一声："Max，你是不是又在做坏事了？"

"喵——"Max 一脸无辜地叫了一声，像是在回答 Mirror，自己什么也没做。

那个声音一直在"哗啦哗啦"响，就像谁在撕着包装袋一样。醒了的 Max 竖起耳朵左顾右盼，姜凡则起身向角落的书架走去，那声音却在顷刻间戛然而止了，仿佛早就察觉了一般。姜凡仔细观察着周围，又翻了翻堆在一起的旧书，心想：该不会是老鼠吧？

果然，姜凡的手随意动了动，一只老鼠就飞一般地蹿了出去。

"喵！！！"Max 发出一声惨叫，竟如同老鼠见了猫一样，夸着毛爬上了最高的柜子。

老鼠不顾一切地向 Mirror 和小蕊坐着的方向疯跑，小蕊正在论坛里说得起劲儿，还没意识到发生了什么，老鼠就像故意吓唬小蕊一般，"嗖"地从她的脚边跑了过去。

"啊！"又是一声凄厉的惨叫，小蕊和 Mirror 一起跳到了椅子上，店里的人齐刷刷地向她俩望去。

一个顾客问："怎么了？"

几乎过了一分钟，小蕊才哆哆嗦嗦地说："老，老鼠！"

自那以后，店里的人众志成城地开始了抓老鼠的壮举——除了胆小的 Max，它已经躲在柜顶上三天没敢下来了。

那只老鼠害人不浅，不但啃了柜子，似乎还要向宿的蛋糕房进攻。众人决心要抓住它，流浪汉和论坛里的网友还自发组织了保卫队，不但准备了各种方案，还专门派人保护小蕊和 Mirror。

双子座的人喜欢富有趣味的事物，小蕊也不例外，她从没见过一只老鼠竟能引起如此轩然大波，很快就像打怪升级一般沉迷抓老鼠了，看着大家追着老鼠跑的狼狈样子，总忍不住笑得前仰后合。

"唉，她什么时候能成熟点？"Mirror 看着活蹦乱跳的小蕊，叹了口气。

"哈哈——你应该知道，双子座就喜欢玩啊。"姜凡在一旁安慰 Mirror。

"那也总会长大吧？"

"双子座很善变，他们觉得长大只是一瞬间的事，小蕊只是还没玩够罢了。"

"欸欸欸……你能不能长点心啊？"Mirror 朝着小蕊喊。

"我怎么了？"

"别人忙着抓老鼠，你只会站在旁边傻笑。"

"可是……明明就很好笑嘛，而且你看 Max……"她抬头指了指躲在柜顶的 Max，笑得更厉害了。

Mirror 拿她没办法，只能无奈地感叹："已经老大不小了，却一直像个孩子，看什么就觉得什么好玩，也从没用心研究过哪一样……不然，那时候她应该能谈一次不错的恋爱吧。"

"怎么了？"姜凡问道，可 Mirror 没再说下去。

2

之后几天，老鼠风波依旧没有结束，它一出现，小蕊就嘻嘻哈哈地指挥着众人。

"那儿！那儿！"

"跑了，在饮水机那边！哈哈哈，快去！"

"姜凡，你怎么慢吞吞的！它又钻到沙发下面了！快过来！"

……

姜凡怀疑小蕊是否真的看见了老鼠，就说："你要是看到了，就下来帮忙！别站在椅子上瞎指挥！"

小蕊一听，似乎要证明自己，径直从椅子上跳了下来，恰巧那只不长眼的老鼠从沙发下面钻了出来，直奔小蕊。她没反应过来，又被吓得惨叫了一声，下意识地跺了跺脚，没想到竟踩死了作恶多日的老鼠。

　　所有人惊讶地看着小蕊，小蕊却"哇"的一声哭了，任谁安慰也停不下来，还趁着夜色，独自埋了那只老鼠。

　　沉默了三天之后，小蕊又哼着小曲走进了书店，就像什么也没发生过一样。姜凡只得偷偷向 Mirror 感叹："她也太双子了吧。"

　　"唉，你说她没心没肺吧，在一些事情上，她比任何人都重情义；可你说她重情重义吧，她又是那副满不在乎的样子。"Mirror 又忍不住吐槽了几句，

　　"怎么了？"姜凡问。

　　"唉，高中的时候，我们班有一个叫王超的男生，全校的同学都知道他喜欢小蕊，可小蕊傻乎乎地一直拿他当兄弟。当兄弟也就算了，还对人家落井下石，叫人怎么说呢？"

　　"到底怎么了？"

　　终于，Mirror 要说一说小蕊的事了，姜凡赶紧往 Mirror 身边凑了凑。

那一天，数学老师忽然怒气冲冲地走进教室，喊道："张小蕊！你真是目中无人啊！拿我当傻子哄吗？说！昨天的数学作业是谁给你写的？"

"我不能说。"小蕊倔强地站了起来。

"你说，你告诉我是谁，我保证绝对不追究。"数学老师强忍着怒火，微笑着说。

"是王超帮我写的。"小蕊像一个傻子似的，毫不犹豫地回答道。

"天哪，她是智障吧。"当时坐在小蕊后面的Mirror忍不住骂道。

全班同学齐刷刷地将目光投向了王超，只见王超一脸愤恨地看着小蕊，气得浑身哆嗦，可当着老师的面，又不好发作，只挤出了几个字："张小蕊！你……"

"张小蕊！王超！你俩给我滚出来！"

"你不是说不追究的吗？"小蕊理直气壮地问。

"如果你早听我的话，你的数学早就及格了！给我滚出来！"数学老师一说完，同学们笑成了一片。

小蕊却不以为意，当着数学老师的面，故意拿了一本英语书离开了座位。跟在她身后的王超一直低着头，不停嘟囔着"猪队友啊！猪队友！"

"张小蕊，你是故意的吧？好！你现在就给我出去！别让我再看见你。"数学老师指着教室门口说。

"哦，是你说的啊！谢谢老师。"小蕊微笑着给老师鞠了个躬，教室里的空气简直要凝固了，她却蹦蹦跳跳地离开了教室。

"反正是她自己说不愿意再看到我的，那我就满足她。"小蕊一边自言自语，一边走向学校后院，从一处栅栏边翻了出去，漫无目的地在外面闲逛，看着时间差不多了，又偷偷翻了进去，赶在下一节课前匆匆走进教室。当然，她没忘记在校外给王超买了个礼物——一只印着他最喜欢的篮球明星的运动护腕。

小蕊嘻嘻哈哈地将道歉礼物送给了王超，王超竟然感动得差点哭了出来，自己一直给小蕊买零食、写作业，没想到因祸得福，小蕊竟然主动送他一份礼物。

"以后我还要帮你写数学作业。"王超说。

"算了！大哥！您饶了我吧。"小蕊撇撇嘴。

3

自从小蕊不让他代写作业之后，王超就急得像热锅上的蚂蚁，开始思考别的出路，因为如果不给小蕊写作业，他们几乎就没有什么交集了。

王超开始疯狂节约零用钱，每天缠着几个哥们儿装可怜，轮流蹭饭吃，连游戏厅也不去了。老师还以为他家里发生变故，差点家访，幸亏被他拦住了，还扯谎道："老师，我没事儿，就是在减肥。"

终于，两个月后的一天，面黄肌瘦的王超将一张周杰伦演唱会的门票偷偷递给了小蕊，满怀期待地说："小蕊，我们一起去看演唱会吧。"

"周杰伦的？"小蕊简直不敢相信自己的眼睛。

"是啊，怎么样？"

"好啊好啊好啊……"小蕊的脑袋像上了弦的发条一样点个不停。她不知道，那是王超用他攒了两个月的生活费买的两张门票。

演唱会的前一天，小蕊忽然在寝室里翻箱倒柜。

"你找什么呢？"Mirror 问。

"演唱会门票！我给放哪儿了？"小蕊不停地翻着每一个衣兜。

"我记得你夹在英语作业本里了啊。"

"是吗？"小蕊挠着头，将所有的书和作业一股脑儿地倒在桌子上，一页一页地翻了过去，可还是没找到。

"该不会是丢了吧？"Mirror 担心地说。

"不可能啊，我也记得我夹在哪里了，怎么找不到了呢？"

那天，小蕊没出门，寝室被她翻了个底儿朝天，还是没找到。

晚上熄了灯，小蕊绝望地上了床，Mirror 还在床下借着手机屏幕微弱的光翻着什么。忽然，她喊了一声："小蕊，你看是什么？"

小蕊一个激灵从床上坐了起来："什么？什么？"

"你看啊！是门票！不还在你的作业里夹着吗？"

"真的吗！哈哈哈！我就知道没有丢！快给我。"小蕊说着，伸手抢了过去。

第二天，外面下了很大的雨，Mirror 以为小蕊的演唱会之旅一定会泡汤，小蕊却信心满满地哼着歌出门了。

晚上，雨还在下着，寝室的门忽然被一脚踢开，小蕊回来了，脚下是一摊雨水，她被淋成了落汤鸡。

看到浑身上下湿透了的小蕊，Mirror 关心地问："小蕊，你怎么了？演唱会看完了吗？"

"是啊，看完回来了。"

"王超呢？他没跟你一起回来？"

"不知道，我今天就没看到他的人影！打电话也不接！我估计他是死了。"小蕊生气地说。

Mirror 没有说话，只是简单地为小蕊擦了擦头发。

其实，小蕊不知道，Mirror 给她的那张票是王超自己的。他听说小蕊丢了票，拜托 Mirror 演戏，还不让她告诉小蕊："你千万别告诉她票是我的！她那么粗心，那张票一定是丢了，我可以再买一张黄牛票和她一起去。"

Mirror 犹豫了一会儿，还是答应了。

王超没想到黄牛票贵得离谱，自己估计要再饿四个月肚子才能买到一张黄牛票，便没能去听演唱会。

4

自那之后，两人再也没有交集了。王超几次要和小蕊解释，小蕊总会巧妙地躲开他，几次之后，王超也放弃了。直到现在，Mirror 还在为他们没能在一起而惋惜，经常吐槽小蕊喜欢丢东西还没心没肺，白瞎了王超曾经对她那么好，也总自责当初没有告诉小蕊真相。

"其实，我感觉小蕊没你说的那么没心没肺。"姜凡将 Mirror 从回忆里拉了回来。

"为什么？"

"小蕊是一个典型的双子座，聪明、机智，虽然看起来不是很靠谱，却很会察言观色，心里很明白自己该做什么，也就是说，其实你从不知道她真正在想什么。"

"当年那件事，是不是该怪我了？如果我当时告诉小蕊那张票的事，或许她就不会恨王超，他们最后也能走在一起。"Mirror 说。

"你不用自责，别看小蕊表面上大大咧咧的，我觉得她心里比你明白，而且，他们不是各自过得挺好吗？"

Mirror 想了想刚结婚的王超，又看了看在吧台玩着电脑哼着小曲儿的小蕊，说："好吧，就当你说对了一半吧。我看小蕊就是没心没肺，活着不累，我可真想成为像她一样的姑娘啊。"

"如果你变成了她，估计咱们店早就乱套了。"姜凡笑着说。

"你说得也对，像我一样优秀的女生，确实不好找。"

5

小蕊在店里待了一段时间，离开的时候，她抱着 Mirror 说："Mirror，我后来找到那张票了。"

"什么票啊？"Mirror 警觉地看着小蕊。

"就是王超那年送给我的票啊，后来被我弄丢的那张。"

"什么？"Mirror 简直不敢相信小蕊的话。

小蕊看着 Mirror，一脸坏笑地说："我早就知道了，当年你找到的那张，其实是王超自己的票，对不对？"

"那你为什么不跟王超说清楚？"

"当时我就是觉得自己配不上他，他对我太好了，可我一直以为我们是哥们儿，而且……算了，既然他已经结婚了，我就祝他幸福吧。"小蕊失落地说。

"没事！你还有我啊！"Mirror 拍了拍小蕊的肩膀。

"还有我！以后常来店里坐坐，我们随时欢迎你，你多给我们出几个脑筋急转弯。"姜凡也舍不得小蕊离开。

"没问题啊！"小蕊笑了笑，说，"就是怕你们答不上来，哈哈哈。"

"就顾着傻乐，以后照顾好自己啊。"Mirror 最受不了分离，忍不住又抱了抱小蕊。

"放心，再不济，我就到南京流浪，晚上到店里睡觉。"

"闭嘴！你肯定会越来越好的。"Mirror 捂住小蕊的嘴。

"放心吧，没问题！哈哈！"

6

小蕊离开后，姜凡在那本她曾看过的《忒休斯之船》里发现了一张卡片。尽管印刷字已经模糊了，姜凡还是分辨出那是一张周杰伦演唱会的门票，门票上还用黑色碳素笔工工整整地写着两行歌词："而我已经分不清，你是友情，还是错过的爱情？"

双子座：认知结构倾向化

双子座总是给人滔滔不绝或通晓百事的印象，这是他们的情感与认知体系共同作用的结果。

认识双子座，在于认识"光与影"的两面性。从情感的"影"而言，如果遇到让自己不愉快的事，双子座往往会采取"顾左右而言他"的做法，委婉地拒绝或否认、无视，从而保护自己的内心。从认知的"影"而言，双子座拒绝了解更深层次的知识，即很难固定地对某项事物进行深入研究或探讨。原因在于，双子座认为知识是一种自我保护的工具，他们用知识主动与人沟通，也很懂如何善加利用知识，并无深入研究的兴趣。

默默守候

1

深夜的街道空无一人，月光在路上投下斑驳的树影，店里也没什么客人了。姜凡低下头，开始和 Mirror 结算一天的销售额。宿从蛋糕房里出来，一边擦手一边说："你们也休息一会儿吧。"

话音刚落，一个男生推门进来了，手里还拿着一本书。姜凡和 Mirror 不约而同地站了起来，几乎同时开口说："你好！欢迎光临！"

男生身材修长，身着西装，皮鞋锃亮，看起来很有教养。他推了推眼镜，说："您好，我叫许杰。对不起，我刚加完班，实在是不好意思，打扰你们了。"

"没关系啊，我们就叫深夜书店嘛。" Mirror 边说边将一杯热水放在许杰面前。

"谢谢，"许杰礼貌地回答，拿着手里那本《上帝掷骰子吗——量子物理史话》，说，"听说你们的会员需要它？"

"是的！你怎么知道？"姜凡兴奋地问。

"我在论坛里留意到了，就拿来了。"

姜凡小心翼翼地翻了翻，那是一本很独特的科普书，作者用充满激情的笔法和独特的视角分析了物理的历史。他自言自语道："如果我能早一点看到，或许物理就不会学得那么差了。"

"一个会员一直很想看，可惜没人共享。"Mirror也很高兴。

"所以我就来了嘛。"许杰喝了一口水，说，"我很喜欢和热爱物理的人做朋友，不过，一定要让那个人保护好书啊！"

姜凡特意看了一下，厚厚的一本书，连一点折痕也没有。

Mirror示意许杰到旁边坐。许杰扫视了一下四周，又仔细看了看桌子、椅子，还用手指在台布和椅子上轻轻摸了一下，好像很担心卫生的问题。

姜凡一脸坏笑地说："敢问阁下，是不是处女座？"

"嗯，你怎么知道的？"许杰诧异地看着姜凡。

"哈哈，乱猜的。"

其实，姜凡早已从许杰进屋的每一个小动作里注意到他的挑剔和认真了。一个大男人，连书角也要保护得那么仔细，一定是处女座了！

"哈哈！别听他胡说。"宿端了一杯蓝山咖啡给许杰，说，"我在论坛里看到你的留言了，很感谢你的分享，已经很晚了，你还专程拿过来。店里也没准备什么，就简单给您煮了杯咖啡。等下次您过来，我一定请您吃我们店里最好吃的点心！"

许杰端起杯子，仔细闻了闻，小心啜了一点点，又享受般地喝下一口，赞赏地点了点头，说："味道很好！"

"一看就知道您是一个行家啊。"宿开心地说。可是，在姜凡眼里，那就是处女座的认真所致。

"我很晚过来，是要向您咨询一件事。听说，您在建筑方面也有一些见解……"

许杰在盖一栋属于自己的楼房，遇到了一些难题，准备问问宿。

"我也只知道一点，不过，店里的装修就是我和朋友一起设计的，你是怎么知道的？"

"我听胡润楠说的。"

"胡导？你认识胡导？"听见"胡润楠"三个字，Mirror兴奋地说。

许杰谦虚地说:"嗯,曾经在一起吃过饭的,胡导说您的店装修得很好,正巧我遇到了一些设计方面的问题,就向店长咨询一下。"

那是他为了求婚准备的房子,从设计图纸到施工,前前后后花了五年时间,一直坚持亲自参与各个环节。

Mirror 看着许杰,忽然记起姜凡曾说"处女座的人天生认真、务实,不论是做事还是恋爱,他们一直兢兢业业、一丝不苟,那种亲力亲为的责任感总能给人很靠谱的感觉",不禁开始羡慕那个幸运的准新娘。当然,能得到以挑剔闻名的处女座的爱,那位准新娘也并非凡人。

2

许杰就读的高中只有一个篮球场,记忆中,那里总是挤满了人,他和张颖的第一次见面就在那个球场。

那天放了学,许杰做完值日就飞奔下楼,因为妈妈说要做他最喜欢吃的糖醋排骨。经过球场的时候,许杰听到了一声"小心",一个篮球就飞了过来,他还没反应到自己要避开,就眼前一黑,晕了过去。醒了之后,许杰正想发飙,却看见身边站着一个女生,她满怀歉意地伸出手说:"不好意思。"

许杰顿时眼前一亮，那个女生穿了一身清凉的运动衫，手里还拿着之前砸到他的篮球，很是阳光。

她看着呆若木鸡的许杰，小心地问："你，你没事吧？"

"哦，我没事！没事！"许杰抓住女生的手站了起来，又拍了拍衣服。

"那就好！"女生看他没事，做了个鬼脸又回身去了球场。许杰也背着书包跟了过去，完全忘了妈妈正在家给他做糖醋排骨。

那个女生很漂亮，扎着高高的马尾，更显得脖颈修长，而且，她能一气呵成地完成一个三分球，一看就是经常运动。许杰和一群人站在场边看着她打球，听见周围的同学偷偷议论她，忽然觉得自己很嫉妒那些认识她的人。

比赛结束，众人去学校的小卖部里买饮料。许杰也跟了过去，正偷偷看着她发呆，忽然有人递给他一瓶雪碧，他怔了怔，是刚刚那个女生。

"对不起啦！"那个女生笑了笑，说，"饮料就作为赔礼道歉吧。"

"哟——"几个同学看到她给许杰买饮料，笑嘻嘻地在旁边起哄，她却大方地笑了笑。

忽然，不远处传来了一个声音——"张颖"，她回头应了一声，就向许杰道别了。许杰看了看她，又看了看手里的饮料，默默记住了她的名字——张颖。

一路上，许杰一直尽力回忆着张颖的一颦一笑，因为走神，回家晚了，他还被妈妈骂了一顿，可许杰就像没有听到一样，一直在呵呵傻笑。

"你是不是被篮球砸傻了？"妈妈担心地看着许杰。

"没，没有。"许杰吃着早就凉了的糖醋排骨，还是忍不住笑意。

3

自那以后，许杰脑海里经常会浮现张颖的影子，恰巧那天他帮老师批改物理模拟试卷，发现三班的一份卷子写得干净又漂亮，还得了高分，就留意了一下名字，发现竟然是张颖。许杰一边窃喜一边憧憬："原来她不仅会打篮球，物理还学得很好！我的物理也很好，要是……能和她考上同一所大学就好了。"

很长一段时间里，许杰没有在篮球场见到张颖，开始后悔自己当初没有鼓起勇气要她的电话号码。备考复习很紧张，许杰还是会时不时地记起张颖，可又总觉得她太优秀了，自己必须更优秀一点才有资格追求她，就在心里给自己定了一个目标："只要我能和她考上同一所大学，就向她表白。"

高考前一个月，许杰终于旁敲侧击地知道了张颖准备报考的大学，就策划了一次"走廊偶遇"。

"嗨！张颖！"许杰紧张地打了个招呼。

"好久不见！"

"是啊，高考准备得怎么样了？"

"还行吧，马马虎虎。"

"确定好去哪儿了吗？"许杰故作镇定地问了一个自己早已知道答案的问题。

"当然了，我准备去苏大。"

"什么！苏大？"许杰故意做出一副惊讶的样子，那是他在家看着镜子反复练过的表情。

"是啊，苏大，怎么了？"张颖被许杰的反应吓到了。

"我也准备考苏大呢！如果考上了，我们又是校友了！"许杰兴奋地说。

"是吗？那真是太巧了！一定要加油啊！"

"好的！加油！"

4

作为处女座，许杰享受着向目标默默努力的感觉。为了能和张颖考入同一所学校，他几乎是拼命地完成了最后一个月的备考，终于如有神助一般走出了考场。

录取通知书寄到家里的时候，许杰惊喜地跳了又跳，可又不敢联系张颖，只好在学校官网的录取名单里搜寻张颖的名字。看过了密密麻麻的几万个汉字，他终于在经济系的录取名单下看到了两个熟悉的小字——张颖。

功夫不负有心人，许杰进了苏州大学建筑系，也和经济系的张颖变成了朋友，时常一起骑车旅行，一起游泳健身，一起吃饭自习，可许杰一直没有向张颖表明心迹。处女座追求完美而导致的不自信又一次缠住了许杰，他总是希望等到自己足够优秀再表白，就一拖再拖。

尽管两人一直保持着朋友关系，谁也没有明确表示爱意，可许杰总觉得张颖是喜欢自己的。两个人像商量好了似的，除了爱情，几乎无话不谈。

一次，张颖生了病，许杰无微不至地照顾了一个星期，连护士也一脸羡慕地说"你男朋友人真好"，张颖却一脸不在乎地说："哪儿呀，他是我同学！"

行吧，同学就同学吧，只要能陪在她身边，许杰就觉得很满足了，而且，他还有一个长久的计划——从上学的那一天开始，他就决定要为张颖设计一座最好的房子，再向她表白。

谁知没多久，许杰就看到张颖和一个男生一起去图书馆自习了。那个男生长相平平，可看得出他对张颖很殷勤，一会儿倒水，一会儿削水果，完全不像普通同学的样子。

"张颖，他是谁呀？"许杰故作镇定地走过去问。

"哦，他是我同学——"

没等张颖说完，许杰就向那个男生做了自我介绍："你好，我是张颖的老乡，也是同一个学校毕业的，我叫许杰。"

"哦，你就是许杰，我叫余勇。"那个男生故意向张颖靠近了一点，笑着看了看她，亲密地说，"常听张颖说起你，以后我们一起吃个饭怎么样？"

许杰听得出余勇刻意将"我们"二字说得很重，就像是在示威，更是一副已经以张颖男朋友的身份自居的样子。

张颖在短信里否认了余勇是她男朋友，可许杰已经感受到了竞争的压力，就特意做了周密的准备，决定在张颖生日那天告白，还计划表白成功后和张颖一起去新疆旅游。为了攒够旅游费用，他在一家建筑设计院做了一个月的兼职，准备在生日那天给她一个惊喜。

张颖过生日的那天下午，许杰订好餐厅，买了鲜花和蛋糕，还特意去理了发，买了衣服。正当他准备出门的时候，张颖在电话里说她在另一个餐厅过生日，让许杰快点赶过去。许杰一时措手不及，只好退了自己订的餐厅，拿着礼物狼狈地出发了。等他赶过去的时候，包厢里已经坐满了人，当然，那个讨厌的余勇也在，还是挨着张颖坐的。

张颖笑着向大家介绍，可没等她说出名字，几乎所有人异口同声地喊："许杰——"

原来，她的朋友知道自己的名字，许杰心里乐开了花，看来张颖没少向别人提起他，看样子今天一定会成功。他将蛋糕摆好，刚准备说话，余勇忽然拿着一大捧玫瑰，深情地看着张颖，说："张颖，做我的女朋友吧！"

张颖惊呆了，一时不知道该说些什么。现场的人也没预料到余勇会忽然告白，气氛一度很尴尬，所有人都一动不动地看着张颖。张颖冷静了一下，将目光从那束玫瑰花上移开，看了看包厢里的人，又刻意看了看许杰。

许杰一边忍着眼泪，一边紧紧握着还没递给张颖的玫瑰，不知所措地坐着。

忽然，张颖的同学开始起哄："答应他，答应他！"

许杰脑海里瞬间闪过了很多新娘在婚礼上落跑的桥段，莫名地开始假设："如果自己也举着玫瑰向张颖表白，她会如何反应？现场的同学又会怎么样？如果张颖选择了我，那无疑是一场胜利；可是，万一张颖已经和余勇约好了，我岂不是搅局？不仅会让她难堪，或许以后连朋友也没得做了……爱一个人，就该尊重她的选择。可是，万一一切不过是余勇一手策划的突然袭击呢？"

许杰心里乱极了，他也看着张颖，两个人的目光交错了很久，许杰还是什么也没说，张颖却似乎得到了他的答案一般从容地接过了余勇的玫瑰。

看着余勇拥抱张颖，许杰几次差点开口表白，可又觉得那简直太狗血了，自己也看不起自己，就举起酒杯一饮而尽，将那句"我喜欢你"和眼泪一起咽了下去，说了一句"祝福你们"，就扯了一个理由，先离开了。

那个夜晚，许杰失眠了，躺在床上辗转反侧，思考自己选择苏州大学的理由和意义，思考张颖为什么一直和他做朋友，难道自己只是她身边的一个备胎吗，还是自己就是一个懦夫？

许杰忽然停了下来，似乎颇有些感慨。姜凡看得出他在尽量保持淡定，可从他垂下的手指和细微的眼神里看出了失望。那不是对张颖的失望，更多的是对当时的自己感到失望。

Mirror 端了一盘青柠芝士蛋糕，说："还好蛋糕房里剩了一些芝士和鸡蛋，我简单做的，你们尝尝。"

许杰惊讶地连声说道："哎呀！太好啦！我最喜欢吃芝士蛋糕了！谢谢谢谢！"

吃了一点蛋糕，许杰继续说起了他和张颖的故事。

5

自从张颖答应了余勇的告白，她和许杰一起吃饭的次数明显减少了。暑假，张颖决定和余勇一起去上海，许杰早就计划好的新疆之行自然也就泡汤了。也许是惯性使然，许杰还替张颖买了去上海的车票。

"不要脸。"许杰一边在心里骂着自己，一边将票递给张颖。

"谢谢啊！"张颖像以前那样笑着说。

许杰无奈地笑了，心想："算了，管她和谁去，只要我能为她做些什么，总还是快乐的。"

目送张颖和余勇离开的背影，许杰的失落感越来越强烈，差一点就没忍住眼泪。他咬了咬嘴唇，看着头顶正滚着的乌云，觉得自己的青春正一点一点地逝去。

姜凡叹了口气，说："你一直觉得自己不够优秀，可很多事是不会等到万事俱备才发生的。"

那年暑假，许杰一个人回到老家，决定好好整理自己，可怎么也赶不走张颖的影子。他骑车去了以前的学校，篮球场上依然围着很多人，可没有一个是张颖；他一个人去小卖部买水，眼前又闪过了张颖给他买饮料的画面。许杰不自觉地拿出手机，按下了张颖的号码，忽然又意识到了什么，迅速按下了挂断。

"人家和男朋友在一起，我打电话算什么？"许杰摇了摇头，刚准备将手机放回口袋里，张颖忽然发了一条短信："想我了？"

许杰激动地写了一堆，准备告诉她自己正在学校，可最终还是只回了三个字："按错了。"

张颖没有回他的短信，看样子她玩得很开心。

回家后，父母正在讨论改建自家小楼，让许杰负责设计和装潢。他强迫自己忙碌起来，渐渐分散了一些注意力。

6

暑期即将结束的时候，张颖回到了老家，还约许杰见面。没想到两个人刚见面，张颖就扑进了许杰怀里，她哭了。

许杰轻轻拍打着张颖的后背，关切地问："你怎么了？"

"我和余勇分手了。"

那简直是一个令许杰无比兴奋的消息，可他看着张颖，只说了一句："没事，我还在呢。天塌下来，我替你顶着。"

"就知道你好！"张颖笑着擦了擦眼泪。

他们又像从前一样，一起沿着河边散步，一起吃了午饭，还一起看了电影。在许杰的陪伴下，张颖似乎恢复了许多。晚上告别的时候，张颖说："我决定了，下学期准备考研，去北京。"

许杰知道，张颖之前是准备跟着余勇去澳洲读研的，现在两人分手了，也就没什么出国的必要了，她跟自己说要考研，似乎是在等他的答复一样。许杰再也不敢踌躇，毫不犹豫地说："那我们一起考！"

于是，他们又一起回到了学校，一起准备考研，一切仿佛回到了余勇出现之前。许杰觉得自己好像又回到了高考前的那段时间，依然是为了张颖而努力，不同的是之前他和张颖并不熟悉，可兜兜转转，现在他们是最好的朋友。

他们一起去图书馆查资料，一起吃饭，一起散步，甚至彻夜发着短信。当然，夜里发短信的多是张颖，她的性格就是那样，也许早就拿许杰当哥哥了吧。许杰也比以前更贴心地照顾着张颖，一般不会在她睡觉时打扰，即使要说什么也要等到第二天或一个更好的时机，而正是因为等待所谓最好的时机，许杰错过了更多的机会。

说着说着，许杰叹息了一声。姜凡又给许杰的杯子里续了咖啡，问："后来呢？你表白了吗？"

许杰不好意思地笑了笑，说："没有。当时，我一直觉得至少等到我也考上研究生吧，不然怎么配得上她呢？可是，唉……"许杰喝了一口咖啡，看着窗外发起了呆。

"你可急死我了！"Mirror 着急地说。

"考上研究生之后，我和张颖一起吃饭庆祝。当时，我已经打定主意要向她告白，可她又告诉我，她有喜欢的人了。"许杰无奈地说。

7

许杰为此郁闷了很久，幸好那段感情在张颖研二的时候就结束了。那次分手后，张颖又扑进了许杰怀里，可她没有哭，反倒像解脱了一般，说："我请你吃饭，我们一起庆祝一下吧！"

许杰看着张颖，疑惑地问："庆祝什么？"

"庆祝我又可以重新开始啊！人生的盒子里会有很多巧克力，但是，你永远不知道下一颗是什么味道……哈哈哈。"

张颖一甩头发，发梢扫到了许杰的脸，痒痒的。他看着她那双明亮的眼睛，不自觉地牵起了张颖的手，可张颖就像毫无感觉一样，只是嬉笑着和他一起走进了学校不远处的一家餐厅。他们点了几道菜，又开了一瓶红酒，无拘无束地说笑着。

"哥们儿，你该谈一次恋爱了。"喝完半瓶红酒后，张颖醉醺醺地说。

她要跟我表白了吗？许杰暗自高兴地想。

"明天小长假，跟我去南京吧！"

"去南京干吗？"

张颖神秘地笑了笑，说："去了你就知道了，你就说去不去吧？"

"去，当然要去了。"许杰以为自己真的等到了那一天。

到了南京，许杰发现那只是张颖给他安排的一次相亲，对象是她的同学叶子。三人见面后，张颖借口自己要拜访一个亲戚，让许杰和叶子单独玩了一天。叶子很喜欢文质彬彬的许杰，还挽留他在南京多待几天。可许杰心里不好受，尽管叶子很漂亮，人也很好，可他就是不喜欢，还为此和张颖吵了一架。

一切似乎又回到了从前，他们依旧是最好的朋友。毕业后，各自开始工作，偶尔也会见面，可两年多的时间里，谁也没有说过什么，各自也没有谈过恋爱。

眼看着年龄渐长，张颖的家人开始张罗着给她安排相亲，留给许杰的时间就越来越少了。他要赶紧完成那份早就计划好的礼物，就找到了宿。

"我还以为你们已经恋爱了呢，原来还不是准新娘啊！" Mirror失落地说。

姜凡看了看许杰，认真地说："处女座的爱情总是坎坷，很多原因源于自己，因为你一方面希望自己能为张颖付出最诚恳的心意，另一方面又担心给她压迫感。你也是出于责任心，结果'一而再，再而三'地错失机会，不过，正是总觉得自己不够优秀的诚惶诚恐，造就了现在如此优秀的你。"

"你真的很爱张颖吗？" Mirror又问。

许杰立即回答："是的，今生非她不娶。"

"那她喜欢你吗？"

"喜……喜欢吧？"许杰反而犹豫了。

"如果她拒绝你的表白，怎么办？"

"我也不知道。"许杰笑了笑，一口喝光了剩余的咖啡。

"完美并非人生常态，"一直没说话的宿终于开了口，他温和地看着许杰，说，"如果凡事要准备充分再行动，可能会失去很多机会。"

许杰看着宿说："可是我需要完美，如果唐突表白，就算成功了，我也不会对自己的表白感到满意。"

"好吧，我只是说一个建议而已。不过，如果你需要我，我倒是很愿意帮忙。"宿微笑着说。

"那太好了！我今晚不算白来。"许杰站起身，留下给宿的资料，感激地说，"过一段时间，我可能还要麻烦你们。"

"好。"

许杰出了门，还回头挥了挥手。看着他消失在夜幕里，姜凡看着宿笑了一下，说："他和你一样认真呢。"

"是啊，我像他那样的时候，不知道错过了多少份感情。"宿摇了摇头。

"你们处女座啊，总喜欢憋着一股劲儿，你现在懂了，可是许杰没懂。"

"不懂也挺好，很多时候，人是需要憋着一股劲儿的。"宿喝了一口咖啡，转身进了蛋糕房。

姜凡知道，宿也怀着一颗坚忍执拗的心，不然他不会坚持做二十四小时营业的深夜书店。处女座最典型的为他人服务和勤勤恳恳的良好品质在宿的身上展现得淋漓尽致，可即使宿乐在其中，姜凡也还是觉得他太累了。

之后的一段时间里，宿很少在店里出现，他一直在忙着为许杰准备房子。

8

半年之后，许杰和他的未婚妻张颖一起来了。

他告诉 Mirror，当他牵着张颖走进那栋房子的时候，张颖没等许杰表白，就扑进了他的怀里，感动地说："什么也别说了，我嫁给你！"

两个人走了很多弯路，终于修成正果，姜凡心里很欣慰却又觉得不舒服，目送他们手挽手走出书店后，姜凡说："宿，今天可以替 Mirror 请个假吗？"

宿和 Mirror 一脸疑惑地看着他："什么？"

"因为今晚我要请她吃一顿烛光晚餐。"姜凡看着 Mirror，一脸坏笑。

"为什么？"宿更不明白姜凡的意思了。

"你不是说过吗，完美并非人生常态，我已经等不及要向 Mirror 表白了。"说完，姜凡一脸深情地看着 Mirror。

"好啊，那你得问问她同不同意啊！"宿也笑着将问题推给了

Mirror。

就在他们等待答案的时候，一群人"气势汹汹"地走进了书店，还举着摄影机和各种"长枪短炮"，跟着他们一起进来的是一个戴着鸭舌帽的男人。

"胡导？"三个人不约而同地看着站在门口的那个男人，竟然是胡润楠导演！

"怎么？之前不是说好了借你们的店取景嘛，不欢迎啊？"胡润楠笑着说，眼睛眯成了一条缝。

宿忙说："欢迎欢迎啊，Mirror！赶紧给胡导倒杯咖啡！"

Mirror刚要转身，就被胡润楠拦了下来，他说："不用Mirror倒咖啡！让她赶紧去找编导对一下台词，今晚还有她的戏。"

三人听了胡导的话，惊讶得连嘴也合不拢了，异口同声地问："什么？"

"我说，今晚还有Mirror的戏。"胡润楠一个字一个字地重复了一遍。

"得令！"说着，Mirror兴奋地跑去找编导了。

"那我呢？"姜凡拽住Mirror委屈地问。

"你怎么了？"

"烛光晚餐啊……"

"切，再说吧，回头让我的助理给我排一下档期，咱们有时间再联系哈，再见！"Mirror 开着玩笑，头也不回地走了，留下姜凡一个人站在宿的身边黯然神伤。

处女座：拮抗焦虑

　　处女座以挑剔、追求完美为人熟知，他们也知道自己和世界并不是完美的，但总是希望一切能够达到完美状态，就产生了一种明知不完美也要变完美的矛盾心理。为了对抗它，处女座会不停地强迫自己去接受或改变外在的事物，可越抵抗，矛盾的力量就越强，焦虑和痛苦也就越多。

　　事实上，处女座认为的不完美，更多的是局部细节的不完美，因为他们注重眼前的事物，且认为只要改变小范畴的不完美就可以了。因此，处女座会反复、持久地思考一些看似没有实际意义的问题。